El hijo secreto del griego
Natalie Rivers

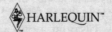

Editado por HARLEQUIN IBÉRICA, S.A.
Núñez de Balboa, 56
28001 Madrid

I.S.B.N.: 978-84-671-7809-8
Depósito legal: B-2092-2010
Editor responsable: Luis Pugni
Preimpresión y fotomecánica: M.T. Color & Diseño, S.L.
C/ Colquide, 6 portal 2 - 3º H. 28230 Las Rozas (Madrid)
Impresión y encuadernación: LITOGRAFÍA ROSÉS, S.A.
C/ Energía, 11. 08850 Gavá (Barcelona)
Fecha impresion para Argentina: 13.9.10
Distribuidor exclusivo para España: LOGISTA
Distribuidor para México: CODIPLYRSA
Distribuidores para Argentina: interior, BERTRAN, S.A.C. Vélez
Sársfield, 1950. Cap. Fed./ Buenos Aires y Gran Buenos Aires,
VACCARO SÁNCHEZ y Cía, S.A.
Distribuidor para Chile: DISTRIBUIDORA ALFA, S.A.

Capítulo 1

KERRY no podía dejar de temblar mientras miraba la barrita blanca que tenía en la mano, con un puntito rosa claramente visible. La prueba había dado resultado positivo.

Entonces sintió un cosquilleo en su interior. Estaba embarazada.

No había sido planeado y no había esperado que la prueba diera positivo, pero sabía que eso iba a cambiar toda su vida.

Mordiéndose los labios, volvió a mirar el puntito rosa. Su corazón se había llenado de alegría ante la idea de tener un hijo, pero estaba temblando de angustia.

¿Cómo reaccionaría Theo ante la noticia de que iba a ser padre? La idea de contárselo le hacía sentir cierta aprensión.

Sólo habían pasado seis meses desde que se convirtió en amante de Theo Diakos, uno de los hombres más ricos y poderosos de Atenas. Desde entonces, compartía su sofisticado estilo de vida durante el día y pasaban noches gloriosas en la cama. Él la trataba como si fuera una reina y su hermano,

Corban, y su cuñada Hallie, la habían hecho sentir más que bienvenida.

Pero, aunque ella estaba enamorada de Theo, nunca habían hablado de sus sentimientos. Y nunca habían discutido si podía haber un futuro para ellos.

Kerry levantó la cabeza, apartando la melena rubia de su cara mientras salía al jardín. Cuando Theo y ella estaban en la ciudad, aquel magnífico oasis de verdor era su lugar favorito. La dulce fragancia de las flores y el sonido del agua de la fuente le ofrecían tal sensación de paz que era difícil imaginar que el jardín estaba en la azotea de uno de los mejores hoteles de la ciudad; la propiedad más importante del imperio de Theo Diakos.

Debajo, las luces de la ciudad empezaban a encenderse y frente a ella la Acrópolis brillaba majestuosamente, recortada contra el cielo oscuro. Era un paisaje fabuloso y uno que para siempre estaría grabado en su cerebro, junto con el rostro de Theo.

Estar con él era maravilloso. Por primera vez en veintitrés años se sentía querida, deseada.

Al principio no había podido creer que estuviera interesado en una chica tan normal como ella, pero la intensidad del romance había hecho que olvidase sus dudas por completo. Y nunca en su vida se había sentido más feliz.

Los problemas que la habían perseguido en el pasado desaparecieron, como si pertenecieran a otra vida. Era maravilloso saber que Theo la quería y deseaba estar con ella. Era algo que no había tenido nunca, pero algo que estaba decidida a que su hijo tuviera desde el primer día.

Kerry se llevó una mano al abdomen. Llevar dentro al hijo de Theo le emocionaba. Y sabía algo con total certeza: aquel niño siempre se sentiría querido.

Y Theo también se alegraría, estaba segura. Después de todo, era un tío maravilloso para el hijo de su hermano. Adoraba a su sobrino Nicco y Kerry estaba convencida de que sería un padre maravilloso.

De repente, estaba deseando darle la noticia, de modo que corrió hacia el estudio de Theo. Estaba deseando ver su expresión cuando le dijera que iba a ser padre.

Pero se detuvo en la puerta del estudio al darse cuenta de que no estaba solo. Estaba con su hermano, Corban, y por el tono de voz, estaban discutiendo sobre algo importante, algo urgente. Y se llevó una desilusión por tener que esperar.

Sin embargo, cuando iba a darse la vuelta el tema de la conversación quedó claro de repente. No había querido escuchar y su griego seguía siendo menos que perfecto, pero sabía lo suficiente como para entender de qué estaban hablando Theo y su hermano.

Estaban hablando de apartar a Nicco de su madre.

A Kerry se le encogió el estómago. No podía haber oído bien. Atónita, se quedó en la puerta del estudio, incapaz de apartarse.

–Debes pensar en Nicco –estaba diciendo Theo–.

Es tu obligación protegerlo. Es tu hijo y su bienestar debe ser lo primero para ti.

–Pero Hallie es toda mi vida... ella confía en mí –protestaba Corban–. No puedo hacerle eso.

–Debes hacerlo –repitió Theo–. Un Diakos debe mirar por su familia y está claro que Hallie no es capaz de cuidar de tu hijo.

–Pero es tan drástico... ¿no podemos dejar que vea a Nicco antes de llevárnoslo?

–No, en absoluto. Ésta es la única manera. Si lo hacemos ahora, esta misma noche, Nicco estará en un helicóptero con destino a la isla antes de que Hallie sepa que se ha ido. Luego podremos lidiar con el asunto de manera privada y sacarla del país sin que haya un escándalo. Nadie que no sea de la familia tiene por qué saberlo.

Kerry se tapó la boca con la mano, horrorizada. Theo y su hermano iban a secuestrar a Nicco. Iban a robárselo a Hallie.

Empezó a temblar violentamente, recordando de pronto toda la angustia de su infancia. Se sentía enferma, imaginando la desesperación, la pena de su propia madre, que no había podido soportar que le quitasen a su hija.

Y ella no podía quedarse de brazos cruzados mientras los Diakos le hacían lo mismo a Hallie.

Tenía que intentar evitarle a su amiga el desconsuelo que había sufrido su madre. Porque tal vez si hubieran seguido juntas ahora seguiría viva...

Kerry se alejó de la puerta del estudio, con un

nudo en la garganta y el corazón encogido por los horribles recuerdos de su infancia. Lo único que sabía era que no podía dejar que a Hallie le robasen a su hijo...

Angustiada, corrió para buscar a su amiga. Tenía que advertirle, tenía que decírselo.

Cuando entró en la lujosa suite que Hallie ocupaba con Corban, la encontró sentada frente al espejo, cepillando su larga melena.

–¡Kerry! –exclamó su amiga, al verla tan agitada–. ¿Ocurre algo?

–Lo siento... –Kerry intentó llevar aire a sus pulmones–. Es Nicco...

–¿Qué?

–He oído a Corban y Theo hablando en el estudio... van a llevarse a Nicco esta misma noche.

–¿Qué? ¿Adónde van a llevarlo? –Hallie se levantó a tal velocidad que la silla en la que estaba sentada cayó al suelo bruscamente.

–No lo sé... han dicho que tú no puedes cuidar de él. Van a llevarse a Nicco en helicóptero sin decirte nada.

–¡No pueden hacer eso! –por un momento, Hallie se quedó inmóvil, pálida como un fantasma. Luego tomó su bolso de la cómoda con tal brusquedad que tiró una copa de vino, pero no pareció darse cuenta–. No se lo permitiré –murmuró, tomando las llaves del coche–. Me lo llevaré... a algún sitio donde no puedan encontrarlo.

–Espera –dijo Kerry–. Iré contigo y...

No terminó la frase. Acababa de darse cuenta de algo: Hallie había estado bebiendo. Y, a juzgar por el brillo de sus ojos y por su incierto caminar, había bebido más de lo que debía. Y tenía en la mano las llaves del coche.

Kerry corrió tras ella, pero era demasiado tarde... la puerta del dormitorio de Nicco estaba abierta y la cama del niño vacía.

Oh, no. ¿Qué había hecho? Hallie estaba borracha y a punto de conducir con el niño en el coche...

Tenía el corazón en la garganta mientras corría hacia el estudio de Theo y cuando entró, los dos hermanos levantaron la cabeza, sorprendidos.

–¡Es Hallie! –gritó.

Theo se levantó de inmediato.

–¿Qué ocurre? Respira profundamente y dime qué ha pasado.

Kerry miró el hermoso rostro masculino durante un segundo, debatiéndose entre la angustia que había sentido al oírlo decir que iban a robarle el niño a Hallie y la sensación de paz que experimentaba por el simple hecho de estar a su lado.

–Hallie se ha llevado a Nicco. Y creo que ha estado bebiendo.

Lanzando una palabrota en griego, Corban corrió hacia el pasillo mientras Theo llamaba por teléfono al guardia de seguridad para que no dejaran salir a Hallie del garaje.

¿Qué había hecho? Theo y Corban no tenían derecho a apartar a un hijo de su madre, pero su impulsiva reacción había puesto en peligro la vida de Nicco. No debería haber actuado sin pararse a pensar.

–Voy con mi hermano –dijo Theo un segundo después–. Hallie ha salido del hotel antes de que pudiera advertir a los de seguridad.

Kerry se mordió los labios, angustiada. Ojalá hubiera sabido antes que Hallie estaba bebida. Pero jamás se le habría ocurrido que su amiga estuviera en ese estado...

–Todo saldrá bien –dijo él entonces, abrazándola–. Has hecho lo que debías. Nosotros nos encargaremos de todo.

Luego, antes de que pudiera decir nada, desapareció. Pero la cálida y exótica fragancia de su colonia masculina se quedó en el aire y Kerry seguía temblando por el roce de sus manos.

Theo lo era todo para ella. Desde el día que lo conoció, todo lo demás en su vida se había convertido en algo insignificante.

Cuando su trabajo temporal en Atenas terminó y Theo le pidió que se quedara con él se sintió abrumada de felicidad. Él mismo la animó a esperar un poco antes de buscar un nuevo trabajo para que pudiese viajar con él. Decía que la quería a su lado todo el tiempo.

Kerry cerró los ojos, imaginando el calor de sus bazos. Estar entre sus brazos siempre era maravilloso. Incluso ahora, tan preocupado como estaba por su cuñada y su sobrino, se había tomado un minuto para consolarla, para tranquilizarla.

Pero Theo no sabía qué había pasado. Ni lo que ella había hecho.

Kerry se acercó a la ventana y miró hacia abajo. En alguna parte de la ciudad, Corban seguía a su mujer y a su hijo en el coche. Con Theo a su lado.

Entonces cerró los ojos, dejando que una lágrima rodase por su mejilla, y rezó para que todo saliera bien, como él había dicho.

Theo Diakos entró en el vestíbulo del hotel con expresión de trueno. Hallie había chocado con otro coche en la plaza Syntagma, pero afortunadamente tanto ella como el niño estaban bien.

Nadie había resultado herido, pero el accidente de un lujoso deportivo en una de las plazas más abarrotadas de Atenas, a las puertas del Parlamento, había atraído la atención de una horda de reporteros que aparecieron como de la nada antes de que Corban pudiera llevarse a su familia.

Theo murmuró una maldición. Si hubiera podido convencer a su hermano para que sacase a Hallie del país nada de aquello habría pasado. Cada día era más difícil controlar la adicción de Hallie al alcohol y la prensa sin duda se haría eco de aquel escándalo.

Hasta aquella noche casi nadie sabía de sus problemas con el alcohol. Ni siquiera Kerry. Corban había hecho lo posible por mantenerlo en secreto, pero ahora todo el mundo lo sabía.

Theo miró su reloj. Sólo habían pasado unos minutos desde que llamó a Kerry para decirle que la situación estaba controlada, pero ella parecía tan angustiada que quería volver a su lado lo antes posible.

Lamentaba profundamente que hubiera tenido que presenciar una situación tan desagradable. Ver a Hallie borracha, poniendo la vida de su hijo en peligro y creando un escándalo público evidentemente le había disgustado.

Kerry nunca se portaría así. Era una chica maravillosa, dulce, encantadora. Y odiaba llamar la atención sobre sí misma. Theo valoraba cada minuto que pasaba en su compañía.

La había visto por primera vez un año antes, hablando con un grupo de turistas en el vestíbulo de uno de sus hoteles. Su largo pelo rubio, ojos azules y piel de color miel habían llamado su atención de inmediato, pero después de la primera noche había sido su personalidad, su dulce carácter, lo que más le gustaba de ella. Estar con Kerry era el antídoto perfecto para un trabajo tan estresante como el suyo.

Ahora volvía con ella, que estaba esperándolo arriba, en el jardín de la azotea. Theo sabía cuánto le gustaba aquel sitio y esperaba que estuviese un poco más calmada, pero si seguía angustiada la tomaría entre sus brazos y le haría el amor hasta que se olvidase todo.

La encontró en el jardín, de espaldas a él, mirando la Acrópolis. Y en cuanto dio un paso ella pareció sentir su presencia porque se volvió, su larga melena rubia acariciando su cara.

–¿Ha ido todo bien?

–Sí, todo bien.

–¿Cómo están Hallie y Nicco?

Theo la abrazó, apartando el pelo de su cuello para besarla.

–Bien, están bien. Olvídalo, todo está controlado.

–¿Dónde están ahora? –insistió Kerry, tensa–. ¿Están juntos?

Theo dio un paso atrás. Durante el tiempo que habían estado juntos, Kerry jamás había rechazado un beso o una caricia suya. Su apasionada respuesta era lo que hacía que su relación fuera tan excitante y satisfactoria para él. Incluso pensar en cómo se deshacía entre sus brazos lo volvía loco.

Normalmente, una sola mirada bastaba para que se echara en sus brazos y que estuviera tan tensa le extrañó.

–Sí, están juntos. Y en unos minutos se irán a la isla, lejos de la prensa –respondió, acariciando sus brazos desnudos–. Ya puedes dejar de preocuparte... y dejar que yo te haga sentir mejor.

Kerry respiró profundamente. Tenía que hablar con él, contarle lo que había hecho. Y preguntarle por la conversación que había escuchado sin querer.

Luego, después de eso, tenía que contarle que estaba embarazada. Era casi imposible creer que sólo un par de horas antes había corrido para darle la noticia...

–A ver si se me ocurre algo nuevo, algo interesante –estaba diciendo Theo, mientras arrancaba una rosa del rosal trepador que había tras ellos.

Kerry miró la diminuta flor en las enormes manos masculinas. La noche anterior la había llevado al jardín desde el dormitorio y había cubierto su cuerpo con pétalos de rosa antes de hacerle el amor.

Ahora, la poderosa fragancia de las rosas llenaba sus sentidos de nuevo, casi mareándola. Sabía que pronto olvidaría todo entre sus brazos...

Pero no podía hacerlo. Tenía que hablar con él.

–Espera un momento. Tenemos que hablar...

–¿De qué?

–Hace unas horas te oí hablar con Corban. Te oí decirle que debía apartar a Nicco de su madre.

–Sí, es verdad –suspiró él–. Es una pena que no le diera ese consejo ayer, así nos habríamos evitado el fiasco de esta noche.

–¿El fiasco? Esto es mucho más que un fiasco... ¿cómo puedes ser tan frío? –exclamó Kerry–. Alguien podría haber resultado herido... ¡incluso muerto!

–Ya lo sé. De haber advertido antes a mi hermano, nos hubiéramos ahorrado el susto.

–Dejando a un hijo sin su madre.

No podía dejar de pensar en su propia madre, en lo desolada que debió de quedarse cuando le quitaron a su hija. Perder a su hija a los dieciséis años la sumió en una depresión de la que nunca pudo salir. Destrozada, se había dado al alcohol y las drogas... y un día murió de una sobredosis.

Para Kerry lo peor de todo era no haber sabido quién era hasta que fue demasiado tarde. La había criado su abuela, la misma persona que la había arrebatado de los brazos de su madre. Y que durante toda su infancia la había hecho sentir como un estorbo.

–Sé que estás preocupada por Hallie y Nicco –dijo Theo entonces–. Mi hermano y yo estamos en deuda contigo por habernos advertido de lo que pasaba. Si tú no hubieras corrido a contárnoslo, no sé qué habría pasado. Pero mi conversación con Corban era privada, Kerry. Y cómo decida él cuidar de su familia no es asunto tuyo.

Ella lo miró, sorprendida.

–Hallie es mi amiga y me importa. Como me importa Nicco.

–Debes confiar en que Corban y yo haremos siempre lo que consideremos mejor para la familia –insistió él, mirándola con repentina frialdad–. Tú se lo dijiste, ¿no es verdad?

El corazón de Kerry dio un vuelco.

–Sí –respondió casi sin voz, pero con la cabeza bien alta.

–No tenías por qué hacer eso. No era asunto tuyo.

–Pues claro que era asunto mío. Ibais a quitarle al niño...

–Lo que has hecho ha puesto la vida de mucha gente en peligro. Alguien podría haber muerto. Mi sobrino podría haber muerto.

–Yo no sabía que Hallie hubiera estado bebiendo...

–No hace falta que me expliques por qué lo has hecho –la interrumpió Theo–. No me interesa.

–Pero...

–No estoy interesado en excusas –volvió a interrumpirla él–. Has puesto la vida de mi sobrino en peligro, Kerry.

–No era mi intención, te lo aseguro.

–Además de escuchar una conversación privada, a mis espaldas decidiste tomar cartas en el asunto sin que nadie te lo pidiera.

–Hallie es mi amiga.

–¿Y qué soy yo para ti? Deberías haber acudido a mí...

Era cierto que si hubiera acudido a Theo, Hallie no se habría llevado a Nicco en el coche. Pero eso no cambiaba nada. La realidad era que Theo estaba confabulándose fríamente con su hermano para quitarle un hijo a su madre. Y seguramente seguía queriendo apartar a Nicco de Hallie.

–No te quiero aquí –dijo Theo entonces, su voz dura, su rostro como cincelado en granito–. Haz las maletas y márchate.

–¿Qué? –exclamo ella, atónita.

Pero lo había entendido perfectamente. Theo ya no la quería.

Porque se había dado la vuelta y se alejaba, como si desde aquel momento hubiese muerto para él.

–¡Espera! –lo llamó Kerry–. Hay algo que debo decirte. Es la razón por la que fui a buscarte al estudio...

Theo se dio la vuelta y la miró con frialdad.

–¿Qué?

–Esta noche he descubierto que...

Kerry se detuvo abruptamente. De repente, tenía miedo de decirle que estaba embarazada.

Después de lo que había pasado esa noche, era como si Theo se hubiera convertido en un desconocido. Jamás lo hubiera creído capaz de separar a una madre de su hijo, pero había defendido sus intenciones incluso cuando ella le pidió una explicación.

Y si pensaba hacerle eso a Hallie, que llevaba varios años casada con su hermano, ¿qué sería de ella si descubriera que esperaba un hijo suyo? Theo había dejado claro que ya no la quería a su lado, ¿pero querría a su hijo?

–¿Qué tenías que decirme?

–Nada, he cambiado de opinión. Creo que ya no tenemos nada que decirnos el uno al otro.

–Estoy de acuerdo –replicó él–. Y ahora, márchate.

Capítulo 2

Catorce meses después

–Gracias por invitarme a visitar tu casa –Theo le ofreció su mano al anciano, que estaba sentado frente a una mesita de madera a la sombra de un viejo y retorcido olvido–. Tu isla es preciosa... un sitio muy tranquilo en el que vivir.

Sin molestarse en estrechar la mano que le ofrecía, Drakon Notara emitió un bufido mientras tomaba un sorbo de su fuerte café. Era un hombre malhumorado y excéntrico, pero Theo había charlado con él varias veces en Atenas y no se molestó por sus malas maneras.

–No me digas que a ti te importa la tranquilidad –dijo Drakon por fin–. Sé por que quieres comprar mi isla. Quieres construir uno de tus hoteles de lujo aquí... quizá varios. Bares, música a todo volumen, gente borracha y pendenciera –hizo una pausa, levantando la cabeza para mirarlo a los ojos–. Yo no voy a dejar que eso ocurra.

Theo apretó los dientes, negándose a aceptar el desafío del anciano. Nadie hablaba a Theo Diakos de esa manera, pero tenía una razón muy importante para hacer negocios con Drakon Notara.

Necesitaba comprar aquella isla. Era la única posibilidad de hacer realidad el deseo que su madre había expresado antes de morir. Y si tenía que morderse la lengua para firmar el acuerdo, lo haría.

Drakon no lo había invitado a sentarse ni le había ofrecido un café. Las piedras que había bajo los árboles estaban cubiertas de hojas que nadie se había molestado en retirar...

Estaba claro que el anciano iba a mostrarse tan terco como de costumbre, de modo que la transacción no sería fácil.

–No es para eso para lo que quiero comprar la isla. Quizá si hablásemos...

–No –lo interrumpió Drakon–. Yo no quiero saber nada de escándalos. No creas que porque vivo aquí no me entero de nada. Sé cómo es tu familia: ricos, mimados, gente a la que sólo les importa el dinero y los placeres. Y sé también que la esposa de tu hermano tuvo un accidente de tráfico mientras conducía borracha con un niño dentro del coche.

–Te han informado mal –replicó Theo, intentando controlar la rabia que sentía. Cada vez que pensaba en la noche del accidente, un año antes, se ponía de mal humor–. Mi familia no es como la retratan los medios de comunicación. Los periódicos no siempre cuentan las cosas como son en realidad.

–¿Estás diciéndome que no hubo accidente?

–Estoy diciendo que mis asuntos personales no tienen nada que ver con el negocio. Y estoy seguro de que si me dejas hacerte una oferta, podremos llegar a un acuerdo beneficioso para los dos.

–No quiero hablar de eso ahora. No quiero escuchar la charla que has traído preparada para convencerme –insistió Drakon, apoyándose en la mesa para ponerse en pie–. Si de verdad quieres comprar la isla, quédate aquí durante unos días... para que pueda descubrir qué clase de hombre eres en realidad. Trae a tu bonita novia, la que conocí el año pasado. Esa chica me gustó porque no se daba aires... lo cual me pareció sorprendente en alguien relacionado con tu familia.

Theo no contestó enseguida porque Drakon lo había dejado sin habla. Buscó en su memoria para encontrar alguna ocasión en la que Drakon Notara y Kerry se hubieran encontrado... y recordó que había habido varias cenas benéficas en las que seguramente habrían tenido ocasión de charlar.

¿Por qué quería Drakon que llevase a Kerry allí? ¿Sabría que ya no era parte de su vida?

–¿O es que has roto con ella? –la voz del anciano interrumpió sus pensamientos–. ¿Ya tienes una novia nueva? ¿Cómo se llamaba esa chica?

–Kerry –contestó Theo–. Se llama Kerry.

Pronunciar ese nombre sonaba extraño y dolorosamente familiar al mismo tiempo. No había vuelto a nombrarla desde aquella noche, cuando la echó de su casa. Pero eso no había evitado que pensara en ella, incluso que soñase con ella muchas veces... más de las que le gustaría admitir.

–Ah, sí, Kerry –sonrió Drakon–. Una chica encantadora. Me recordaba a mi difunta esposa. Entonces no se separaba de ti, de modo que yo esperaba ver un anuncio de boda en los periódicos. Pero supongo que ahora tendrás una larga cola de chicas esperando.

–Como te acabo de decir, mi vida personal no tiene nada que ver con este negocio –suspiró Theo. Aunque, de repente, sentía algo frío y duro en el pecho.

Se daba cuenta de que Drakon Notara llevaba los negocios de una manera personal y que qué cómo condujera él su vida era tan importante como la oferta que pudiese hacerle. El hecho de que ninguna mujer hubiera despertado su atención desde que se separó de Kerry no impresionaría al anciano. Sencillamente, lo juzgaría como un frívolo.

Y, para empeorar las cosas, Drakon parecía apreciar particularmente a Kerry.

–Yo soy un hombre muy tradicional. No me gusta nada cómo vive la gente ahora. Coches rápidos contaminando el aire, relaciones rápidas... todo es desechable.

–Si hablásemos, te darías cuenta de que compartimos muchos de esos valores.

Tenía que convencerlo de que no pensaba construir hoteles en la isla, pero sus razones para querer comprarla eran de índole personal y no tenía intención de compartirlas con nadie, especialmente con un anciano que parecía encantado de forzar sus opiniones en los demás.

—Entonces vuelve para quedarte unos días y trae a Kerry contigo.

Drakon volvió a la casa apoyándose en un bastón, pero eso no engañaba a Theo. Aquel hombre podía ser físicamente frágil, pero su mente y su voluntad eran tan fuertes como lo habían sido siempre.

—Si me lo permite, lo acompañaré al helipuerto —se ofreció el ayudante de Notara.

—Conozco el camino, gracias —murmuró Theo, arrugando el ceño mientras volvía al helicóptero que lo esperaba.

Necesitaba a Kerry.

Si quería tener la oportunidad de comprar aquella isla como primer paso para cumplir el último deseo de su madre, tenía que hablar con Kerry.

—Gracias por su ayuda —el cliente abrió la puerta de cristal de la agencia de viajes, dejando entrar un golpe de viento helado.

—Seguro que va a pasar unas vacaciones fabulosas. Yo sólo he estado en Creta una vez, pero me encantaría volver —suspiró Kerry.

Durante un segundo imaginó lo maravilloso que sería estar en una playa de arena blanca, sin nada que hacer más que tomar el sol y jugar con su hijo de seis meses, Lucas. Pero era una fantasía que, con todas las facturas que tenía que pagar cada mes, no se haría realidad muy pronto.

Habían pasado catorce meses desde que volvió de Atenas, desde aquella terrible noche en la que Theo Diakos la echó de su vida. Llegar a Londres había sido una pesadilla. Intentar reunir las piezas de su corazón roto sin trabajo, sin dinero y sin ningún sitio en el que vivir había sido el momento más horrible de su vida. Y, además de todo, estaba embarazada.

–Es casi la hora del almuerzo –dijo Carol, interrumpiendo sus pensamientos–. ¿Seguro que no te importa ir a comer antes que yo?

–No, claro que no. Cuando uno se levanta a las cinco de la mañana, la hora de la comida llega antes de lo normal –rió Kerry.

Lucas, aunque adorable, últimamente había decidido despertar antes del amanecer.

En ese momento se abrió la puerta de la agencia y otro golpe de viento helado hizo temblar a Kerry.

–No me puedo creer que sea junio otra vez –murmuró, subiéndose el cuello del uniforme y levantando la mirada para saludar al cliente–. Buenos días. ¿Quería...?

Su corazón dio un vuelco dentro de su pecho al ver el rostro de Theo Diakos.

Estaba mirándola directamente, con una expresión helada en sus ojos oscuros.

Kerry intentó llevar aire a sus pulmones. No se lo podía creer. Theo Diakos estaba allí.

Alto e imponente, su magnética presencia parecía ocupar el local entero. Llevaba un traje oscuro y en su pelo negro había unas gotas de lluvia.

¿Qué estaba haciendo allí?

¿Habría descubierto la existencia de Lucas, su hijo?

–¿Puedo ayudarlo en algo? –le preguntó Carol, levantándose–. ¿Quiere ver algún folleto en particular o sólo ha venido para echar un vistazo?

Kerry tuvo que contenerse para no soltar una carcajada. La idea de que Theo Diakos, un magnate multimillonario, entrase en una agencia de viajes londinense para reservar unas vacaciones era risible. Absurda.

No, Theo estaba allí por otra razón.

–He venido a hablar con Kerry –dijo él, sin dejar de mirarla.

–Ah, ¿se conocen? –preguntó Carol, sorprendida.

Ella seguía mirando a Theo. Su rostro le era tan familiar y, al mismo tiempo, tan extraño en ese momento...

Había estado locamente enamorada de él pero, al final, resultó que ella no le importaba nada. Nada en absoluto. En una horrible noche había descubierto que no había una pizca de amor en el corazón de aquel hombre.

Había conspirado con su hermano para robarle su hijo a Hallie y cuando ella cometió el error de involucrarse no le había dado la oportunidad de explicar lo que había pasado. Era la primera vez en casi un año que tenían una discusión, pero Theo sencillamente la había echado de su lado. Sin vacilar un segundo.

–Carol, te presento a Theo. Es... un amigo al que conocí en Atenas –su natural amabilidad la obligaba a hacer las presentaciones, pero el instinto le pedía que no dijera mucho más. Nadie en el trabajo sabía lo que había pasado y lo mejor sería mostrarse precavida. No quería que hubiera especulaciones sobre el padre de Lucas.

–¿Por qué no te vas a comer? –sugirió su compañera–. Seguramente tendréis cosas que hablar.

El pulso de Kerry seguía acelerado y le sudaban las palmas de las manos. Lo último que deseaba era estar a solas con Theo, pero tampoco quería crear problemas en la oficina. Su jefa, Margaret, volvería pronto del dentista y seguramente no estaría de buen humor. Además, ella necesitaba aquel trabajo y no quería dar pie a cotilleos y murmuraciones.

–Muy bien. Voy a buscar mi bolso –murmuró, levantándose para ir a la trastienda y rezando para que Theo no notase que le temblaban las piernas.

Sentía su mirada oscura clavada en ella, atravesando la tela del uniforme, rompiendo las barricadas que había levantado desde aquella horrible noche en Atenas.

¿Por qué estaba allí?

Una vez en la trastienda, Kerry tuvo que apoyarse en un escritorio para no caer al suelo.

¿Habría ido Theo a quitarle a Lucas?

Ella no dejaría que eso pasara, por supuesto. Su niño lo era todo para ella. Lo quería más que a su propia vida y nunca, nunca, dejaría que Theo se lo llevase.

Respirando profundamente, se volvió para mirarlo. Theo seguía de pie en medio de la agencia, tan inescrutable como una antigua estatua griega, aunque la pobre Carol intentaba entablar conversación.

Y entonces se le ocurrió que su compañera podría, sin darse cuenta, mencionar a Lucas. A toda prisa, Kerry tomó su bolso y salió de la trastienda. Tenía que alejar lo antes posible a Theo de cualquiera que la conociese.

—Tómate el tiempo que quieras —la animó Carol—. Te enviaré un mensaje de texto si Margaret vuelve antes de lo previsto.

—No tardaré mucho —dijo Kerry.

—No te preocupes, pásalo bien —sonrió su compañera.

—Gracias —Kerry abrió la puerta de cristal y salió a la calle.

Pasarlo bien era lo último que esperaba. Rezaba para que Theo no estuviera allí con intención de crear problemas, destrozando la felicidad que había logrado encontrar por fin.

De repente, no podía soportar la agonía de no saber y se detuvo abruptamente para mirarlo.

—¿Qué haces aquí? —le espetó.

—He venido para llevarte de vuelta a Grecia —contestó él.

Capítulo 3

THEO estaba mirándola, sorprendido. Casi no la había reconocido. No parecía la mujer con la que había pasado casi un año de su vida.

Había obvias diferencias... el poco favorecedor uniforme siendo una de ellas. Y el nuevo corte de pelo, sujeto en un moño, con un flequillo que caía sobre sus ojos. Pero la gran diferencia era de carácter más profundo. Parecía mayor y la expresión de su rostro más seria, más madura.

Theo arrugó el ceño, desconcertado. Podría haber jurado que sus ojos eran de un azul más claro, pero ahora parecían casi grises, del color del plomizo cielo de Londres.

–No pienso volver a Grecia contigo.

–Yo creo que sí.

–¿Por qué? –exclamó ella, incrédula–. ¿Por qué quieres que vuelva? ¿Y por qué crees que volvería contigo?

–Porque me lo debes.

–¡Yo no te debo nada! –exclamó Kerry, furiosa–. Dejé mi carrera por ti y jamás acepté un céntimo del dinero que me ofrecías. Me gasté todos mis ahorros mientras vivía contigo y por eso me resultó tan difícil rehacer mi vida cuando volví a Londres.

Kerry hizo una pausa, buscando alguna posible razón por la que Theo pudiera pensar que estaba en deuda con él. Pero que quisiera dinero de ella era ridículo ya que Theo Diakos era uno de los hombres más ricos de Atenas.

–Dejé en Grecia las joyas que me habías regalado –añadió.

Aunque eran de gran valor, para ella sólo tenían valor sentimental. Había pensado que eran muestras de verdadero cariño por parte de Theo... pero evidentemente estaba equivocada.

Cuando la echó de su casa se dio cuenta de que todas las cosas que había creído importantes en su relación en realidad no lo habían sido.

–No estoy hablando de algo tan trivial como unas joyas –dijo Theo.

–¿Entonces qué te debo?

¿Se refería a Lucas? Kerry se mordió los labios, rezando para que no hubiera descubierto su secreto. Pero no, de ser algo tan importante lo habría dicho inmediatamente, pensó. Claro que quizá quería torturarla...

–Te metiste en un asunto que no te concernía –dijo Theo entonces–. Y las consecuencias podrían haber sido trágicas.

Kerry dejó escapar un suspiro.

–Nadie resultó herido y me concernía porque Hallie era mi amiga.

Lamentaba, sin embargo, haberse involucrado, pero eso no cambiaba nada. El hecho era que tanto Theo como Corban estaban dispuestos a privar a una madre de su hijo.

–Es un milagro que no muriese nadie, pero ésa no es la razón por la que estoy aquí. Por tu culpa se creó un circo mediático muy poco conveniente para mi familia. Los paparazzi lo pasaron en grande persiguiendo a mi familia durante meses... a Hallie y Corban en particular.

¿De verdad estaba comparando la inconveniencia de una atención mediática indeseada con la posibilidad de que alguien hubiera muerto en el accidente? ¿Qué clase de hombre era aquél?, se preguntó Kerry, atónita.

–¿Quieres decir que con los medios de comunicación vigilándoos, tu hermano no pudo robarle su hijo a Hallie?

En cuanto lo hubo dicho se dio cuenta de que no debería provocarlo. Theo Diakos no era un hombre que aceptase fácilmente una provocación.

–Sería mejor para ti que no volvieras a mencionar el incidente.

–¿*Sería mejor para mí*? –replicó Kerry, perpleja–. ¿Qué quieres decir con eso? ¿Es que te avergüenza ahora haber estado a punto de hacer algo tan inhumano? ¿O sencillamente estás mintiendo y vas a seguir adelante con tu plan en cuanto los medios de comunicación os dejen en paz?

Theo la fulminó con la mirada. No conocía a aquella Kerry. La mujer que había sido su amante durante un año jamás se habría mostrado tan directa.

–Ten cuidado –le advirtió.

–¿Por qué? ¿Qué vas a hacerme? –lo retó ella, indignada.

A pesar del aire helado, Theo se dio cuenta de que una ola de calor los envolvía. Era el calor de la ira... y mucho más que eso.

El calor de la pasión, emocional y sexual.

De repente, supo exactamente qué quería hacerle y tuvo que hacer uso de toda su fuerza de voluntad para no dejarse llevar. El deseo de abrazarla y apretarla contra su pecho era casi abrumador. Quería cubrir su boca con la suya, silenciarla de la manera más satisfactoria para él.

Pero seguía mirándola, alargando el silencio. Su corazón latía acelerado y su cuerpo ardía de deseo por ella. Entonces vio que sus pupilas se dilataban ligeramente, que sus labios se entreabrían un poco... y supo que también ella lo sentía.

Pura atracción física.

Unos minutos antes le había parecido como si no la conociera, como si fuera otra Kerry, pero ahora sabía que no era así. Seguía siendo la misma de antes y reaccionaba de la misma forma. Después de todo, habían sido amantes durante casi un año. Theo reconocía el calor de sus mejillas y cómo sus pupilas se dilataban.

Kerry lo deseaba tanto como él.

De repente, sin pensar, la tomó por los brazos y tiró hacia él. Lo único que tenía que hacer era inclinar la cabeza un poco y se apoderaría de su boca. Retomaría lo que una vez había sido suyo, reclamaría su ardiente cuerpo como venganza por lo que había hecho.

Pero no era para eso para lo que había ido a Londres. Y no dejaría que su libido le impidiera cumplir el último deseo de su madre. Necesitaba que Kerry convenciese a Drakon para que le vendiera la isla.

–No he venido aquí para esto –dijo entonces, dando un paso atrás.

–No sé qué quieres decir –murmuró Kerry.

¿Cómo había caído bajo su hechizo tan fácilmente? ¿Por qué respondía a sus besos después de cómo la había tratado en Atenas?

–Tú lo sabes tan bien como yo –contestó Theo–. Mira, vamos a dejar de jugar. Voy a decirte para qué he venido.

–Sí, por favor. Ya estás tardando demasiado.

Había empezado a llover de verdad y Kerry levantó una mano para apartarse el flequillo mojado de la frente, mirándolo a los ojos para que no pensara que le tenía miedo. Si volvía a mirarla de esa forma, como si quisiera arrancarle la ropa y hacerle el amor allí mismo, estaría preparada.

Después de todo lo que había pasado no podía creer que tuviese valor para ir a buscarla... y con esos modales. Pero tampoco podía creer que ella hubiera respondido durante un segundo.

Claro que no volvería a pasar.

–¿Quieres que entremos? –le preguntó Theo, señalando un café.

–No hace falta, ya estoy empapada y tengo poco tiempo para comer. Dime qué quieres de mí.

No le gustaba la idea de continuar aquella conversación bajo la lluvia y en medio de la acera, pero le parecía más seguro hacerlo allí, en público. La idea de estar en un sitio cerrado con él, aunque fuese un café, enviaba un escalofrío de aprensión por su espina dorsal.

–Quiero comprarle una isla a un anciano particularmente testarudo –dijo Theo entonces–. Y necesito que tú me ayudes a cerrar el trato.

Kerry arrugó el ceño. ¿Por qué iba a necesitar su ayuda? Aquello no tenía sentido.

–¿Qué tengo yo que ver?

–Es precisamente porque *tú* te involucraste en los asuntos de mi familia, creando una situación que provocó la atención de los medios, por lo que ese hombre se niega a hacer tratos conmigo –le explicó Theo–. Quiere venderle la isla a una persona con valores tradicionales... alguien a quien él apruebe.

–No entiendo cómo puedo ayudarte yo... aunque quisiera. ¿Qué podría hacer para que ese hombre cambiase de opinión sobre ti?

–Ese hombre es Drakon Notara y, por lo visto, tú le caíste muy bien –contestó Theo.

–Ah, ya me acuerdo de él –murmuró ella, pensativa–. Me habló de una reserva natural que tenía en una isla del mar Egeo. Odiaba los edificios modernos y quería mantenerla tal y como estaba –luego miró a Theo, sorprendida–. ¿Por qué quieres comprar tú una reserva natural?

Él no contestó enseguida y eso le hizo pensar que ni siquiera sabía lo de la reserva. Sencillamente, quería comprar la isla para levantar algún hotel.

–Ahora entiendo que Drakon no quiera vendértela. Él no quiere modernos hoteles en su isla.

–A mí me parece que estaba más preocupado por mi compromiso con los valores tradicionales –dijo Theo–. De modo que me acompañarás a la isla mañana... como mi prometida. No debes decirle que hace un año que no nos vemos.

Kerry lo miró, atónita.

–¿Qué has dicho?

Por un momento le había parecido que estaba declarándose. Pero eso era absurdo. Casi tan absurdo como que él esperase que lo acompañara a la isla sin más después de lo que había ocurrido entre ellos.

–Durante los días que estemos en la isla te portarás como si fueras mi prometida...

–¿De qué estás hablando? Yo no era tu prometida cuando conocí a Drakon –lo interrumpió ella.

Aquella conversación era tan ridícula como la farsa que Theo estaba sugiriendo.

–Ha pasado un año desde entonces. Lo más lógico sería que nuestra relación hubiera progresado.

–¡Progresado! –exclamó Kerry–. Qué idea tan interesante. Yo pensé que había terminado... fatal. Además, la noche que me echaste de tu casa sin darme una sola oportunidad de defenderme.

–No hay defensa para lo que hiciste –dijo Theo–. ¿Qué excusa ibas a darme?

–No era ninguna excusa –Kerry respiró profundamente, intentando contener su indignación–. Y no pienso convencer a ese hombre para que te venda la isla.

–Iré a buscarte a tu casa mañana...

–¿A mi casa? ¿Es que sabes dónde vivo?

–Claro que lo sé –replicó él–. Iré a las seis y media.

El pánico la dejó paralizada. Había descubierto dónde trabajaba y dónde vivía. Y si sabía eso, ¿qué más cosas habría descubierto sobre ella?

Tenía que mantener a Lucas alejado de aquel hombre.

Recordaba sus palabras: «Un Diakos debe mirar por su familia».

No había tenido el menor escrúpulo en quitarle a Hallie a su hijo y sólo era su sobrino. ¿Qué podría hacer ella si Theo decidía quitarle a su hijo?

–No me hagas venir a buscarte al trabajo –la amenazó él–. Te encontraré te escondas donde te

escondas. Y si me haces perder el tiempo no estaré
de buen humor.

Kerry estaba en la acera, frente al bloque de pi-
sos, a las seis de la mañana. Era muy temprano,
pero no quería arriesgarse a que Theo subiera a su
casa. Cuanto más se acercase, más posibilidades
habría de que descubriera la existencia de Lucas.

Media hora después, una limusina negra se detuvo a su lado y Kerry descubrió que iba a viajar
sola ya que Theo había vuelto a Atenas el día anterior.

–Su billete, señorita Martin –le dijo el conduc-
tor, entregándole un sobre blanco–. Su vuelo sale
de Heathrow esta mañana. Alguien la recibirá en el
aeropuerto de Atenas para llevarla con el señor
Diakos y después irán a la isla en helicóptero.

–Gracias –murmuró Kerry automáticamente,
mirando luego por las ventanillas tintadas.

¿Tan convencido estaba Theo de que haría lo
que le había pedido? Ella no le había dicho que sí.
De hecho, le había dicho que no iría con él. ¿Había
sido siempre tan sumisa que ni siquiera se le había
ocurrido que pudiera negarse a cooperar?

Él no sabía la razón por la que tuvo que aceptar;
el secreto que no podía arriesgarse a que descubriera. Sencillamente, Theo debía de haber pensado que haría lo que le pedía porque siempre había sido así.

Kerry cerró los ojos, angustiada. Ya echaba de menos a Lucas, aunque lo había visto apenas una hora antes, cuando lo dejó con Bridget, la única persona en el mundo a la que confiaría a su hijo. Habían crecido juntas, como hermanas y, aunque más tarde descubrió que Bridget era su tía en realidad, seguían compartiendo un lazo fraternal. Bridget, como ella, era demasiado pequeña cuando la apartaron de su madre y no sabía nada de la conspiración de su abuela.

Su hijo estaría a salvo con ella. Bridget tenía hijos propios y estaba acostumbrada a cuidar niños... pero aun así, Kerry se sentía fatal por dejarlo. No tenía alternativa; para proteger a su hijo tenía que dejarlo con Bridget durante un par de noches, pero sentía que lo estaba abandonando.

Theo miró a Kerry mientras bajaban del helicóptero en la isla de Drakon Notara. Su pelo se movía con el viento que levantaban las aspas y, cuando lo apartó de su cara, comprobó que estaba muy pálida después del viaje.

No se había quejado en absoluto, pero él sabía que no le gustaba nada viajar en avión o helicóptero. Además, seguramente no habría dormido bien la noche anterior y la limusina la había recogido muy temprano esa mañana. El cansancio siempre hacía que los viajes fuesen aún más incómodos y debía de estar agotada. Pero él quería que se mostrase alegre y atractiva para convencer a Drakon de que le vendiera la isla.

–Conozco el camino hasta la casa –le dijo al ayudante del anciano–. Mi prometida necesita un momento para recuperarse después del viaje... un poco de aire fresco y suelo firme bajo sus pies.

Theo la tomó por la cintura y, al hacerlo, sintió que se ponía tensa.

–Apóyate en mí –le dijo–. Y no olvides para qué estás aquí –añadió, hablándole al oído–. Eres mi prometida y debes portarte como tal.

Kerry intentó relajarse, sorprendida como estaba por su aparente intuición. Ella no había dicho una palabra en todo el viaje, no le había dicho que estuviera cansada o incómoda, pero Theo parecía haberlo notado. Claro que aquel viaje había sido particularmente horrible y seguramente cualquiera se habría dado cuenta.

Lo único que podía hacer era respirar profundamente y poner un pie delante de otro, los brazos de Theo en su cintura como un ancla y una distracción de las náuseas que empezaba a sentir.

Pero poco después esa sensación se convirtió en algo bien diferente; el calor del cuerpo masculino haciendo que olvidase las náuseas por completo.

Tenía un cuerpo fuerte y atlético y podía sentir el movimiento de sus músculos mientras atravesaban un camino de tierra. Caminaban al unísono y se dio cuenta de que Theo intentaba llevar su ritmo. Por alguna razón, eso le hizo sentir un escalofrío. Fuera intencionado o instintivo, Theo parecía entender el ritmo de sus movimientos.

–¿Te encuentras mejor? –le preguntó poco después, la ronca voz masculina provocando una vibración por todo su cuerpo.

Kerry se volvió para mirarlo, convencida de que, como ella, también Theo se daba cuenta de que estaba ocurriendo algo entre ellos. Y eso la hacía sentir expuesta y vulnerable.

Los ojos de Theo la mantuvieron cautiva durante unos segundos. Estaba estudiándola intensamente y, de repente, tuvo la sensación de que intentaba leer sus pensamientos. No recordaba que la hubiese mirado nunca así, como si pensara que era culpable de algo.

Claro que ella nunca antes había tenido nada que esconderle. ¿Estaba imaginando el escrutinio porque guardaba un enorme secreto?

–La casa está sobre esa colina –dijo él entonces–. Drakon es viejo, pero tiene una mente muy despierta. Estará vigilándonos como un zorro, así que no dejes de fingirte mi prometida ni un solo segundo.

–A mí no me gusta mentir –replicó Kerry, apartándose un poco–. No me gusta nada.

–Ya te he dicho que Drakon es un viejo zorro, de modo que debemos ser convincentes. Y, como suelen decir, los hechos dicen más que las palabras.

Antes de que Kerry se diera cuenta de cuáles

eran sus intenciones, Theo la empujó hacia él con una mano mientras con la otra levantaba su rostro.

Ella abrió los labios para protestar y, en ese momento, Theo Diakos se apoderó de su boca.

Capítulo 4

EL BESO de Theo pilló a Kerry absolutamente por sorpresa, pero su cuerpo respondió instintivamente. Le parecía lo más natural del mundo apoyarse en él, apretándose contra su atlético cuerpo...

Sintió el roce de su lengua, ardiente y exigente, y pensó que se derretía de deseo. No había nada tierno en aquel beso; era un fiero y apasionado recordatorio de lo que habían compartido en el pasado, de las veces que habían hecho el amor, de las veces que la había llevado al éxtasis.

Pero Kerry le devolvió la caricia, rindiéndose al intenso deseo. Y, sin pensar, levantó las manos para ponerlas sobre sus hombros, disfrutando de la dureza de sus músculos, agarrándose a él como si no quisiera soltarlo nunca.

Entonces, sin previo aviso, Theo se apartó.

Kerry dejó escapar un gemido de sorpresa.

–Muy convincente.

Ella contuvo el aliento, inmóvil. Había soñado con Theo besándola durante más de un año, pero en su fantasía la besaba porque había reconocido su error y se había dado cuenta de que la amaba.

Su sueño nunca había sido así, con ella besándolo desesperadamente y él mostrándose tan frío.

Sintió que le ardían las mejillas, pero enseguida una ola de furia la envolvió.

–Es mi intención ser convincente, pero no habrá más demostraciones gratuitas. Estoy aquí para ayudarte con Drakon, no para ser amable contigo en privado. Espero que te quede bien claro.

Theo levantó una oscura ceja, sorprendido. Pero parecía estar conteniendo una sonrisa, como si supiera la verdad.

–Vamos a saludar a nuestro anfitrión –dijo, tomándola por la cintura de nuevo.

–Me han dicho que no te encontrabas muy bien cuando llegaste –dijo Drakon–. Espero que ahora te encuentres mejor.

–Sí, estoy bien, gracias –sonrió Kerry.

Era genial estar sentada en aquel patio, a la sombra de un viejo olivo, disfrutando de la fabulosa vista del mar Egeo. Y charlar con Drakon hacía que dejase de pensar en lo que había pasado con Theo al bajar del helicóptero.

–Kerry se marea durante los viajes en avión –dijo él entonces–. Pero después de descansar un rato se encuentra perfectamente.

–Debe de ser horrible ponerse enfermo cuando

se viaja en avión. Especialmente cuando se tiene que viajar mucho.

–No me hagas sentir mal –sonrió Theo–. Aunque sé que Kerry lo pasa mal, le pido que vaya conmigo porque no puedo estar sin ella.

–El amor es egoísta muchas veces –comentó Drakon, tomando un trago de ouzo.

–Sí, puede serlo –murmuró Theo.

Kerry experimentó un extraño cosquilleo cuando sus ojos oscuros se clavaron en ella. Pero, de repente, no podía seguir mirándolo.

Cuando estaban juntos Theo le decía eso mismo, que quería que viajase con él porque no podía estar sin ella. Entonces sus palabras habían hecho que se sintiera especial, valorada. Nunca antes en su vida nadie había mostrado tal deseo por estar con ella.

Había crecido sintiéndose abandonada y sola y cuando cumplió los dieciocho años descubrió lo cierto que era. Su abuela no había querido cuidar de ella y sólo lo había hecho por un retorcido sentido del deber, negándose a aceptar que su hija adolescente fuera capaz de criar a una recién nacida.

Pero había resultado que Theo tampoco valoraba su compañía, que todo era una mentira. Un simple error, cometido con la mejor intención, y Theo Diakos se había librado de ella sin pensarlo dos veces. Que dijese que el amor podía ser egoísta era otro recordatorio de lo poco que había significado para él. Nunca la había querido y nunca la querría.

–Espero que mañana nos permitas ver toda la isla –estaba diciendo Theo entonces, su voz interrumpiendo los pensamientos de Kerry.

–No quiero hablar de negocios ahora –replicó Drakon, volviéndose hacia ella–. Querida, hace un año que no te veo. No salgo mucho de la isla, pero he estado en Atenas un par de veces y, lamentablemente, no hemos coincidido en ningún sitio.

–No, es verdad –sonrió ella–. Desgraciadamente, no he podido acompañar a Theo a todos los eventos a los que acude. He pasado mucho tiempo en Londres... tengo allí familia y compromisos.

Kerry pensó en su querido Lucas. Estaba totalmente comprometida con su hijo y haría cualquier cosa por él. Al contrario que su pobre madre, que era demasiado joven y demasiado débil, que no había podido quedarse con ella.

–Espero que no sea nada serio –dijo Drakon–. ¿Tienes a alguien enfermo?

–No, no... son cosas personales, pero no tiene importancia.

El anciano seguía mirándola con cara de preocupación y Kerry tuvo que disimular. ¿Que su hijo no tenía importancia? Si él supiera la verdad...

Claro que si supiera la verdad, seguramente no le vendería su isla a Theo Diakos.

–Me alegra saberlo –dijo entonces, apoyándose en la mesa para ponerse en pie. Theo intentó ayudarlo, pero el anciano no se lo permitió–. Voy a descansar un rato antes de cenar. Podéis echar un vistazo por aquí, si os apetece. Mañana iremos a visitar toda la isla.

Kerry se levantó para ayudarlo al ver que le costaba caminar pero, de nuevo, Drakon se negó.

–La puerta siempre está abierta, no te preocupes por mí.

–Muy bien.

Cuando se quedaron solos, Kerry se dio cuenta de que Theo estaba mirándola.

–¿Por qué pareces tan contenta?

–Me cae bien Drakon. Y me alegra volver a verlo.

Intentó concentrarse en la fabulosa vista de la playa, una preciosa media luna de rocas flanqueada por árboles que parecían salir directamente del mar. Pero no podía dejar de notar la proximidad de Theo.

Y, de repente, él le pasó un brazo por la cintura.

–¿Qué haces?

–Yo también me alegro de volver a verte. Y me encanta volver a tocarte.

–Tocarme no es parte del trato –protestó Kerry, intentando apartarse.

–No hemos hecho un trato –la voz de Theo era un murmullo ronco–. Has venido porque te pedí que vinieras y porque tú querías venir.

–No es verdad... –Kerry no pudo terminar la frase porque Theo había apoyado la boca en su cuello, el roce húmedo de sus labios haciéndole sentir escalofríos.

No podía esconder que estaba temblando, tal vez porque había pasado tanto tiempo desde la última vez que la tocó. Pero, de repente, la combinación de su lengua y su cálido aliento le pareció la experiencia más sensual que había tenido nunca.

–He echado esto de menos –dijo Theo–. Y me doy cuenta de que a ti te pasa lo mismo.

–No, no es verdad –le temblaba la voz mientras la besaba en el cuello, pero sabía que debía detener aquello.

Si se dejaba envolver por su hechizo no tendría una sola oportunidad. Sabía que acabaría en su cama y eso no podía pasar después de cómo la había tratado. Y, sobre todo, por el enorme secreto que guardaba.

–Quiero echar un vistazo por la isla –dijo por fin, dando un paso atrás–. Drakon ha dicho que podíamos hacerlo y me sorprende que no quieras aprovechar la oportunidad para admirar tu posible adquisición.

Una sonrisa iluminó el rostro de Theo. Estaba deseando hacerle el amor, ardiente, apasionadamente, pero esperaría hasta la noche.

Sabía cuánto lo deseaba Kerry porque le había sido imposible esconderlo. Podía estar haciéndose la dura, pero eso sólo servía para que la deseara aún más.

Caminaba tras ella mientras se acercaba al pretil de piedra desde el que se veía el mar, pero sólo tenía ojos para el embriagador movimiento de sus caderas...

Cuánto la había echado de menos. No, no a ella, se corrigió. Echaba de menos perderse en su precioso cuerpo.

Nunca la perdonaría por lo que había hecho. Había abusado de su confianza, interfiriendo en algo que no le concernía, y las consecuencias podrían haber sido trágicas. Nunca volvería a compartir su vida, pero compartiría su cama esa noche.

–A Drakon no le gustan los cambios –Kerry se volvió para mirarlo, tomándolo por sorpresa–. No cree en descartar las cosas viejas por capricho sólo para construir algo nuevo, más grande y más brillante.

–Pero tampoco es totalmente opuesto al progreso –señaló Theo, intentando apartar de su mente las eróticas imágenes de Kerry en su cama–. Tiene un helipuerto y viaja a Atenas en helicóptero cada vez que le apetece.

–¿Y dónde piensa vivir cuando venda la isla?

Él arrugó el ceño.

–No va a ser fácil convencerlo para que lo haga. Creo que le gustaría terminar sus días aquí, pero supongo que quiere dejarlo todo solucionado para su hija. Ella vive en Atenas con su familia pero, por lo que he oído, tiene que cuidar de su marido, que resultó herido en un accidente.

–¿Cómo sabes todo eso? –murmuró Kerry–. No

creo que él te lo haya contado. Parece una persona muy reservada.

—No es asunto tuyo —contestó Theo, levantando una mano para tocar su pelo—. ¿Por qué te lo has cortado?

Cuando ella levantó la mirada, comprobó que sus ojos seguían siendo tan azules como recordaba.

—Me apetecía un cambio. Pero ahora me ha crecido tanto el flequillo que se me mete en los ojos.

—A mí me gusta ver tu cara —murmuró él, apartándolo de su frente.

Pero Kerry dio un paso atrás, haciendo un gesto de irritación.

—Voy a cambiarme para la cena —le dijo, dando la vuelta para entrar en la casa.

—Yo prefiero quedarme aquí un rato.

Theo la observó entrar en la casa, el movimiento de sus caderas enviando oleadas de deseo por sus venas.

Su cuerpo parecía diferente ahora, aunque no sabría decir por qué. Quizá parecía mas lleno, más rotundo. Tal vez era su imaginación, porque lo tenía excitado como un adolescente, pero sus pechos le parecían más grandes que antes.

La imaginó desnuda, maravillosamente madura y deseable y, de repente, tuvo que contenerse para no seguirla al dormitorio.

Habría tiempo para hacer el amor antes de cenar, pensó. Pero él prefería hacerle el amor como era debido, hasta que estuviese totalmente saciado, agotado, hasta que la tensión de su cuerpo hubiera desaparecido del todo.

Y para eso necesitaba tiempo. Mucho tiempo.

Kerry podía sentir los ojos de Theo quemando su espalda mientras cruzaba el patio. Fue un alivio entrar en la casa, tan fresca con sus gruesos muros de piedra, pero estaba demasiado angustiada como para relajarse.

Después de darse una ducha se cambió de ropa para la cena. Terminó demasiado pronto, pero no quería que Theo subiera y la encontrase a medio vestir. Por cómo la miraba, sabía exactamente qué tenía en mente y eso era lo último que ella quería.

O eso se decía a sí misma.

Kerry paseó, nerviosa, por la habitación durante un rato y luego decidió bajar al patio. Al menos de ese modo podía evitar estar atrapada con él entre cuatro paredes. Estando fuera de la habitación, Theo no intentaría propasarse.

De modo que cerró la puerta y atravesó el pasillo, admirando los múltiples cuadros que colgaban de sus paredes. Eran diferentes paisajes de la isla, todos pintados por el mismo artista, y parecía haber algo familiar en ellos, pero no podría decir qué era.

Estaba mirando uno de esos cuadros cuando Theo apareció a su lado y el corazón de Kerry, de nuevo, dio un vuelco. Parecía estar sin aliento, como si hubiera ido corriendo.

–He tardado más de lo que pensaba en subir desde la playa. Drakon está esperándonos en el comedor. Baja a reunirte con él, yo iré enseguida.

Kerry lo vio entrar en el dormitorio, sintiendo que su corazón volvía a latir de manera normal en cuanto desapareció de su vista. Se alegraba de bajar para charlar un rato a solas con Drakon. Era más seguro que estar con Theo y, además, estaba interesada en el autor de esos cuadros.

Theo se reunió con ellos poco después y la cena fue más agradable de lo que Kerry había anticipado. Theo dirigía la conversación, como era su costumbre, pero curiosamente ella empezó a relajarse. Aquella cena no tenía nada que ver con los eventos sociales a los que había acudido con Theo en el pasado, pero la verdad era que le resultaba más agradable que muchos, seguramente porque Drakon le caía bien y disfrutaba con sus socarrones comentarios.

Theo se mostró tan atento y encantador como cuando vivían juntos. De hecho, no había nada diferente a como la trataba cuando eran amantes.

Kerry sabía que lo de esa noche era sólo una farsa, que estaba haciendo el papel de amante devoto para Drakon, pero le recordó dolorosamente el pasado...

Entonces, de repente, se preguntó si Theo siempre habría estado actuando con ella.

Si podía mostrarse tan encantador cuando entre ellos no había relación alguna, cuando sabía que sus sentimientos por ella eran justo lo contrario de lo que aparentaba, ¿cómo iba a saber si alguna vez habían sido genuinos? ¿De verdad le había importado en algún momento o no habría sido más que una candidata obediente que viajaba con él y estaba pendiente de sus mínimos deseos?

Ese pensamiento fue como una bofetada.

Aquella noche le estaba demostrando que era un maestro en el arte de la interpretación. No había manera de saber si alguna vez la había querido, si su afecto por ella había sido una mentira.

Kerry lo miró, incapaz de disimular. Después de todo lo que había pasado, ¿qué estaba haciendo allí, con él?

Pensó entonces en Lucas y se le encogió el corazón. Cuánto lo echaba de menos. Nunca se había separado de él más de unas horas, pero ahora mismo Bridget estaría metiéndolo en su cuna...

¿Se habría dormido rápidamente o lloraría porque echaba de menos a su mamá?

–¿Kerry? –la voz de Theo interrumpió sus pensamientos–. Nuestro anfitrión acaba de darnos las buenas noches.

–Ah, Drakon, perdona –se disculpó ella–. Ha sido una cena estupenda, muchas gracias.

–De nada. Ya no tengo las fuerzas que tenía antes –murmuró el anciano como para sí mismo mientras intentaba levantarse.

–Deja que te ayude –se ofreció Kerry.

–No me molesta aceptar la ayuda de una chica guapa.

La broma sólo era un intento de esconder un cansancio que era evidente en su rostro. Kerry lo ayudó a salir del comedor, pero en la puerta esperaba su ayudante con una silla de ruedas.

–No quería que la vieras. En realidad no la necesito, pero...

–Gracias por una noche tan agradable –sonrió Kerry, inclinándose para darle un beso en la mejilla.

Cuando se incorporó, los ojos oscuros de Theo estaban clavados en ella.

–Solos por fin.

El mensaje sexual que había en esa frase la dejó inmóvil. Kerry sentía como si sus pies estuvieran pegados al suelo, pero se obligó a sí misma a dar un paso adelante. Había sido tan fácil para él hacer de amante atento durante toda la noche... pero ella sabía que estaba mintiendo, actuando delante de Drakon.

–¿Siempre fue una mentira, Theo?

Capítulo 5

KERRY vio un brillo de sorpresa en sus ojos, pero desapareció enseguida, reemplazado por una expresión dura, hermética. Estaba claro que no tenía intención de mantener esa conversación, al menos no en el comedor de Drakon Notara.

–No sé si te he entendido –murmuró, tomándola por la cintura.

Aunque para alguien que estuviera observando podría parecer un gesto de cariño, Kerry sabía que no lo era.

–Claro que me has entendido.

–Vamos a la habitación, allí podremos hablar tranquilamente.

–Tú sabes muy bien a qué me refiero –replicó ella, intentando apartarse.

Pero Theo no la soltó, al contrario, tomó su mano para salir del comedor y Kerry no tuvo más remedio que seguirlo.

A regañadientes, dejó que la llevase al dormitorio, consciente del duro cuerpo masculino pegado al suyo. Su pulso se aceleró y empezó a notar que no respiraba bien, pero no era sólo por las tumultuosas emociones que provocaba el contacto masculino.

Algo más estaba naciendo dentro de ella.

Intentó desesperadamente recordar la furia que sentía contra él, pero su mente y sus emociones estaban nubladas por el simple hecho de estar tan cerca de Theo.

–Es mejor que no digamos nada –murmuró él, cerrando la puerta antes de tomarla entre sus brazos–. Se me ocurren muchas cosas que me gustaría hacer...

–No –Kerry puso las manos sobre su pecho, apartándolo–. Quiero respuestas. Quiero saber si lo que hubo entre nosotros no fue más que una burda mentira. ¿Es que nunca te he importado de verdad?

–¿Una mentira? –repitió él, mirándola a los ojos–. Tú sabes que esto no es mentira. Nadie podría fingir la química sexual que hay entre nosotros.

–No estoy hablando de eso –protestó Kerry–. Entre nosotros había algo más que...

No había terminado de hablar cuando los labios de Theo se apoderaron de los suyos, silenciándola con un beso. Kerry dejó escapar un gemido de sorpresa y él se aprovechó, metiendo la lengua entre sus labios.

Era un beso que ella no había alentado, pero una inmediata ola de calor la envolvió, haciéndola temblar de deseo. Era como si su capacidad de resistirse se hubiera evaporado en una explosión de puro deseo y se arqueó hacia él, apretándose contra su cuerpo.

Theo deslizó las manos por sus costados, tocándola por encima del vestido mientras jugaba eróticamente con su lengua haciendo que su pulso se acelerase y le diera vueltas la cabeza. Era imposible pensar, imposible hacer otra cosa más que rendirse al beso y devolvérselo con la misma pasión.

Entonces, a través de una niebla de deseo, sintió las manos de Theo en sus caderas. Estaba levantando el vestido para tocarla...

A Kerry le temblaron las piernas al pensar en lo que pasaría después, en lo que estaba desesperada por experimentar de nuevo.

Theo la tumbó suavemente sobre la cama, el pelo negro que caía sobre su frente bloqueando todo lo que no fuera él.

Kerry lo deseaba con toda su alma, quería que fueran uno solo otra vez.

Pero eso no ocurriría nunca. Nunca sería como ella deseaba.

Porque Theo no la amaba. Nunca la había amado.

—No.

El monosílabo, apenas audible, fue suficiente como para que Theo se quedase inmóvil.

—No me digas que no quieres —murmuró con voz ronca. Kerry sabía que estaba excitado, esperando hacer el amor con ella.

–No, así no –le dijo, sentándose sobre la cama–. Quiero una respuesta a mi pregunta.

–Ya te lo he dicho... esto es real –murmuró Theo, apretando su muslo. No movió la mano, pero la suave presión en su carne fue suficiente para enviar olas de deseo hasta el mismo centro de su ser–. Tú también me deseas, Kerry. Quieres hacer el amor conmigo, no lo niegues.

–Esto no es amor.

–No –dijo él, estudiándola con los ojos semicerrados–. Nadie ha dicho que lo fuera.

–Pero yo pensé que sentías algo por mí –insistió ella, encontrando por fin fuerzas para apartarse–. Pensé que sentíamos algo el uno por el otro. Al menos eso me parecía.

–¿Sentíamos algo?

Había sido ella quien lo traicionó, quien estuvo a punto de provocar una tragedia en su familia.

–¿Crees que soy idiota? A mí no se me manipula tan fácilmente.

Kerry estaba tan excitada como él, pero los atormentaba a los dos intentando hacerle decir algo en un momento de pasión.

–Tú siempre fuiste el que controlaba todo en nuestra relación. Sigues intentando hacerlo, aunque ha pasado más de un año desde que me echaste de tu vida –dijo Kerry entonces, levantándose de la cama para mirarlo a lo ojos, desafiante–. Así que no me hables de manipulación. Siempre he hecho lo que esperabas de mí...

–Ya no tenemos una relación –la interrumpió Theo–. Terminó la noche que me traicionaste.

–Me echaste de tu casa y de tu vida sin pensarlo dos veces. Y ahora que te viene bien, quieres que vuelva contigo.

–No quiero que vuelvas conmigo. Ya te he explicado lo que quería.

–Sí, claro, un favor que no podía negarte. Pero te portas como si fueras un devoto amante, intentando seducirme...

–Tú conocías perfectamente la situación antes de venir, así que no entiendo que te muestres tan sorprendida. Y en privado me deseas tanto como antes.

Kerry se mordió los labios, sintiéndose perdida y humillada.

Tenía razón. Seguía deseándolo. A pesar de todo, seguía deseándolo.

–Nunca signifiqué nada para ti –le dijo, con la voz rota por la emoción–. Nunca has sentido el menor respeto por mí.

–¿Respeto? –repitió él, incrédulo–. Después de todo lo que ha pasado, ¿cómo puedes hablar de respeto?

Era la confirmación que había temido, la prueba de que no había significado nada para él. Por eso había sido tan fácil para Theo echarla de su vida.

Sus ojos se llenaron de lágrimas, pero parpadeó furiosamente para contenerlas, negándose a dejar que la viese llorar. No la respetaba, pero ella tenía que mostrar respeto por sí misma.

–Aléjate de mí –le dijo–. No quiero estar en la misma habitación que tú.

–No pienso marcharme. No voy a pedirle a nuestro anfitrión que nos dé habitaciones separadas. De hacerlo, se daría cuenta de que no estamos prometidos.

–Entonces lo haré yo –dijo Kerry, volviéndose hacia la puerta.

Theo se movió tan rápido como un rayo. En un instante se levantó de la cama y la tomó del brazo antes de que pudiese salir de la habitación.

–No hagas algo que podrías lamentar –le advirtió.

–Es demasiado tarde para eso porque ya lo lamento –suspiró Kerry–. No debería haber venido contigo. No debería haberte dirigido la palabra.

Theo la miró durante unos segundos, en silencio, y después salió de la habitación sin decir nada.

Kerry se acercó a la cama, respirando dolorosamente. Sus ojos se habían llenado de lágrimas, pero estaba dispuesta a contenerlas como fuera. No iba a llorar por ese hombre.

Pero sabía que no había terminado. Por mucho que llorase, por mucho que intentase esconder su dolor, nunca terminaría porque era la madre de su hijo.

A la mañana siguiente, Kerry despertó al oír el ruido de la ducha en el cuarto de año. Theo debía de haber vuelto en algún momento, pero no sabía cuándo porque, al final, después de dar vueltas y vueltas en la cama, se quedó dormida.

¿Dónde habría dormido él?, se preguntó. O tal vez se había metido en la cama sin que se diera cuenta...

Kerry se levantó rápidamente, sacó ropa limpia de la maleta y se sentó frente a la mesa, hojeando unas revistas mientras esperaba que Theo saliera del cuarto de baño.

Unos minutos después, la puerta se abrió.

–Buenos días –la voz de Theo parecía más ronca de lo habitual, pero no parecía enfadado.

–Buenos días...

Kerry había girado la cabeza para mirarlo y se quedó helada. Iba desnudo, con una diminuta toalla atada a la cintura. Era absolutamente magnífico y no podía apartar los ojos de él, de su piel morena, el pelo negro despeinado como si se hubiera secado con una toalla a toda prisa...

Cuando Theo dio un paso hacia ella, Kerry tragó saliva. El movimiento de sus músculos bajo la piel bronceada era absolutamente abrumador. Y absolutamente excitante.

Sin darse cuenta, se quedó mirando la toalla. Su atención ejercía un poderoso efecto en él y Theo no intentaba disimular...

Pero Kerry se levantó a toda prisa, tomando la ropa que había dejado sobre la cómoda, desesperada por alejarse de él. No quería repetir la humillación de la noche anterior.

–No hay prisa –dijo Theo, bloqueando el acceso al baño con su cuerpo–. Desagraciadamente, Drakon no puede desayunar con nosotros, así que tendremos que buscar algo con lo que entretenernos.

–Ah –murmuró Kerry, haciendo un esfuerzo para mirarlo.

Apenas había oído lo que decía, pero su cerebro sí lo había registrado. Sabía perfectamente lo que Theo quería hacer y, a pesar de todo, su traidor cuerpo quería lo mismo.

Tembló cuando él rozó su brazo con un dedo, sabiendo que estaba observando su reacción. Estaba segura de que sabía cuánto lo deseaba, incluso después de haberlo rechazado la noche anterior, pero no pensaba ceder ante aquel absurdo deseo.

Con las mejillas ardiendo, se apartó, mirándolo a los ojos con gesto de desafío. Theo dejó caer la mano y no intentó detenerla mientras entraba en el cuarto de baño.

Cuando salió media hora después descubrió que Theo se había ido. Alguien había dejado una bandeja de desayuno en el balcón, sólo con un plato y una taza. Iba a desayunar sola.

Como tantos griegos, Theo raramente desayunaba, pero ella se mareaba si no comía algo por las mañanas. No podía entender cómo Theo, un hombre de metro ochenta y ocho, podía tomar decisiones vitales para su negocio con el estómago vacío.

Kerry se dejó caer sobre la silla, pensando que era un alivio poder desayunar sola en el balcón, disfrutando del sol y del mar. El jardín llegaba hasta la playa por una pendiente de hierba y el mar era una paleta de azules, cubierto ahora por una fina neblina que ella sabía iría desapareciendo a lo largo del día.

Estaba terminado de comer cuando Theo volvió.

–Me temo que tengo malas noticias –le dijo–. Drakon no se encuentra bien y va a ser imposible que nos veamos con él esta mañana. Pero tenemos permiso para visitar la isla por nuestra cuenta.

–Ah, vaya, espero que no sea nada serio –suspiró Kerry.

–No lo sé –murmuró él, acercándose a la barandilla del balcón–. Tiene mala salud, por eso creo que quiere vender la isla. ¿Tienes calzado apropiado? No sé cómo estarán los caminos.

Kerry arrugó el ceño, perpleja. A Theo le daba igual que el pobre hombre no se encontrase bien, sencillamente veía aquello como una oportunidad comercial.

–Tengo que ir a cambiarme –murmuró, entrando en la habitación.

–La isla es pequeña, sólo unos cuantos kilómetros cuadrados, y no hay carreteras ni transporte de ningún tipo –estaba diciendo Theo mientras salían de la casa–. Pero podremos verla toda desde esa colina.

Observaba a Kerry caminar un paso por delante de él, admirando su cuerpo. Llevaba unos pantalones de algodón que se ajustaban a sus curvas y un top suelto que se pegaba a sus pechos cada vez que soplaba la brisa.

–Pobre Drakon –murmuró–. Espero que se recupere pronto.

–Sus empleados cuidan bien de él –dijo Theo, percatándose de que alguien había barrido las hojas del patio, algo que no había hecho por él durante su primera visita.

Ah, qué interesante que Drakon Notara hiciera esa concesión. Al viejo le gustaba Kerry de verdad, de modo que llevarla allí había sido buena idea. Su presencia había logrado que diera un paso más para hacer realidad el sueño de su madre.

Tomaron un camino flanqueado de olivos que parecían tan viejos como la propia tierra, pero no tardaron mucho en alejarse de los árboles. A partir de allí, todo era un camino pedregoso y seco, cuesta arriba.

–¿Quieres descansar un momento? –le preguntó, dirigiéndose a ella por primera vez desde que salieron de la casa. Su tono era más o menos amable, pero Kerry entendió que no quería que aceptase la sugerencia.

–No, estoy bien.

El silencio era atronador, pero mientras caminaban el ambiente era tolerable. Concentrarse en ca-

minar y admirar el paisaje la distraía de su expresión taciturna.

Cuando llegaron al final de la colina respiraba
agitadamente y le temblaban un poco las piernas,
de modo que se sentó sobre una roca para recuperar el aliento, mirando el mar. La niebla se había
levantado, revelando la presencia de una isla cer-
cana mucho más grande que la de Drakon.

–Cuando hayas descansado un momento volve-
remos a la casa –dijo Theo.

–Pero si acabamos de llegar. ¿No quieres echar
un vistazo?

–Ya he visto todo lo que tenía que ver. Además,
nada va a alterar mi intención de comprar la isla
–Theo se volvió para mirarla y se quedó sorprendido al ver que respiraba con dificultad–. ¿Te encuentras bien?

–Sí, estoy bien. Un poco cansada, nada más.

–Quiero volver para ver si puedo hablar con Drakon. No estoy dispuesto a perder ninguna oportunidad de negociar la compra de esta isla.

–Pero si está enfermo. ¿No puedes dejarlo en paz
unos minutos?

–No quiero molestarlo –dijo él–. Pero esto es un
negocio y Drakon está buscando un comprador.
¿Nos vamos?

Kerry lo miró, perpleja. Apenas había recuperado el aliento y aún le dolían los músculos después de la caminata, pero Theo ni siquiera tenía
necesidad de subir allí.

Hubiera sido mejor de haber subido despacio, tranquilamente, disfrutando del sol y del paisaje, charlando un rato. Pero Theo había ido a toda prisa, en silencio, para demostrarle algo a Drakon, tal vez que su interés por la isla era genuino. O tal vez que apreciaba el privilegio que le había otorgado el anciano dejando que visitara la isla sin compañía.

Fueran cuales fueran sus razones, Theo estaba mostrando muy poca consideración hacia ella. Claro que incluso cuando creía que le importaba un poco, Theo Diakos siempre había hecho las cosas pensando exclusivamente en su propia conveniencia.

–Si siempre has sabido que me mareaba durante los viajes, ¿por qué nunca dijiste nada?

–Pensé que tú preferías no hablar de ello –Theo se encogió de hombros, seguramente sorprendido por el repentino cambio de tema.

–¿Y cómo sabías que me encontraba mal si yo nunca te dije nada?

–Era evidente... para mí, al menos. Te ponías pálida y te quedabas muy callada. Pero te recuperabas en cuanto bajábamos del avión.

–Si sabías que me encontraba mal, ¿por qué insistías en que te acompañase a todas partes?

–Pensé que no querrías que eso te impidiera hacer una vida normal. Nunca te ha gustado admitir tus debilidades, Kerry. Como ahora, por ejemplo... aparentemente la subida ha sido demasiado para ti, pero no has dicho una palabra.

–No ha sido demasiado para mí –replicó ella, enfadada–. Venga, vamos a bajar de una vez.

Pero cuando se levantó de la roca aún le temblaban las piernas y estuvo a punto de trastabillar. Theo llegó a su lado enseguida, tomándola por la cintura.

–Estás temblando –su voz estaba cargada de sensualidad–. Pero como dices que la subida no ha sido demasiado para ti, a lo mejor soy yo quien te hace temblar. De hecho, recuerdo todas las maneras en las que hacía temblar...

–¡Suéltame! –exclamó Kerry, a pesar de las imágenes que esas palabras habían conjurado–. No quiero que vuelvas a tocarme nunca más.

–¿De verdad? Me parece que no estás siendo absolutamente sincera –Theo se apartó–. Pero, por lo visto, la sinceridad nunca fue el fuerte en nuestra relación.

–Yo siempre fui sincera contigo –se defendió ella.

–Es posible que nunca me mintieras directamente –asintió Theo–. Pero mentiste por omisión.

–¿Cuándo?

–Nunca me dijiste que odiabas viajar en avión, por ejemplo.

–Tampoco tú dijiste que lo supieras.

–Muy bien, de acuerdo. Ninguno de los dos dijo nada de tus mareos en los aviones, pero los dos sabíamos que era así.

–¿Y qué dice eso sobre nuestra relación? –le

preguntó Kerry, pensando que nunca habían hablado de algo verdaderamente importante.

–Eso no era lo más importante en nuestra relación –respondió él–. Pero yo recuerdo un momento que sí fue importante para mí: cuando me traicionaste.

–Yo no te traicioné –replicó Kerry. Pero daba igual, pensó, el pasado ya no importaba.

Ahora sí estaba escondiéndole algo.

Estaba guardando un secreto.

Lucas, su hijo, estaba a miles de kilómetros de Grecia, con otra persona, mientras ella estaba allí, con Theo. Y el secreto que escondía parecía hacerse más horrible a cada segundo que pasaban juntos.

Capítulo 6

THEO empezó a caminar de vuelta a la casa y Kerry hizo lo propio, intentando seguirle el ritmo. Pero era un hombre muy alto y atlético y daba zancadas larguísimas. Y, aparentemente, su mal humor lo hacía caminar aún más rápido de lo normal.

Era su típico comportamiento arrogante, pensó con amargura. Theo no hacía ninguna concesión a su menor estatura pero, aunque le temblasen las piernas, no pensaba pedirle que caminara más despacio.

Porque no eran sólo las piernas lo que le temblaba. Mientras bajaba por la pendiente, sólo podía pensar en Lucas.

Lo había guardado en secreto porque temía lo que Theo pudiera hacer. Había visto lo protector que era con el hijo de su hermano, al que había querido arrebatar de los brazos de su madre sin pensar siquiera en los sentimientos de Hallie.

Kerry no había podido ver eso y quedarse de brazos cruzados. Por razones personales, no podía soportar ver que se arrancaba a un niño de los brazos de su madre. Pero su propia experiencia le había enseñado que las mentiras y los engaños llevaban a situaciones penosas... y no contándole la verdad sobre Lucas ella estaba arriesgándose a una de esas situaciones.

De repente, los ojos se le llenaron de lágrimas. Quería hacer lo mejor para todos, sobre todo para Lucas, pero le daban miedo las consecuencias.

Angustiada como estaba, tropezó con una piedra y cayó de bruces al suelo, lanzando un grito de dolor.

Theo llegó a su lado antes de que Kerry se diera cuenta de lo que había pasado.

–¿Te has hecho daño? –parecía genuinamente preocupado y, por un momento, le sorprendió lo familiar que le resultaba eso.

Sólo un segundo antes estaba convencida de que Theo nunca había sentido nada por ella, pero ahora se daba cuenta de su error. Ese tierno tono de voz le resultaba tan dolorosamente familiar que, de nuevo, sus ojos se llenaron de lágrimas.

–¿Te has hecho daño? –insistió él.

–No, estoy bien –suspiró Kerry, intentado incorporarse.

–Deja que te ayude.

–He tropezado sin darme cuenta. No estoy acostumbrada a caminar a esta velocidad por una pendiente...

–Entonces deberías haberme dicho que parase un poco. Ya sabes que este sitio está completamente aislado. Si te hubieras roto algo...

–¿Por qué caminabas tú tan deprisa?

–Yo siempre camino así.

–Pero yo no.

–¿Puedes levantarte? Si eres tan floja como para hacerte un esguince en el tobillo tendré que llevarte a la casa en brazos.

Kerry lo miró, furiosa. ¿Y si se hubiera roto un tobillo de verdad? ¿Qué clase de hombre era aquél?

–Afortunadamente, no será necesario –dijo, levantándose–. Venga, vamos. Pensé que tenías prisa por llegar.

Theo la estudió durante un segundo, en silencio.

–Iremos un poco más despacio a partir de ahora.

El resto del día fue eterno para Kerry. Llegaron a la casa de Drakon antes de comer, pero Drakon aún no se encontraba lo bastante bien como para recibir visitas, de modo que Theo había pasado la tarde trabajando en su ordenador y ella se había sentado en el patio, bajo un olivo, para leer un rato.

Era un sitio maravilloso, pero a pesar de todo le resultaba imposible relajarse. No dejaba de pensar en Lucas, cuestionándose si estaba cometiendo o no un error que podría lamentar después.

Una cosa era esconder su embarazo y luego a su hijo de Theo cuando estaba en otro país. Después de todo, entonces tenía buenas razones para hacerlo. Pero ahora que estaba de vuelta en Grecia, con Theo a su lado, la situación le parecía completamente diferente.

Esa mañana, cuando la acusó de no ser sincera, el comentario le había dolido porque sabía que tenía razón. No estaba siendo sincera con nadie. Ni con Theo ni con la persona más importante de su vida, Lucas.

Sabía por experiencia lo terrible que era descubrir que todo lo que uno había creído siempre era mentira. Las mentiras arruinaban la vida de la gente y ella no quería que la de su hijo estuviera llena de secretos.

Cuando volvió a entrar en la casa a la hora de la cena, Kerry había tomado una decisión: le contaría a Theo la existencia de Lucas. Sabía que él querría ser parte de la vida de su hijo, pero también que ella no dejaría jamás que le quitara a su hijo.

Ella no era como Hallie. Theo le había dicho a Corban que Hallie no estaba capacitada para ser madre, pero Kerry no le daría nunca razones para dudar de su devoción y su responsabilidad, como esperaba que hiciese él, naturalmente.

Pero estaba dispuesta a hacer algunos cambios. Podría irse a vivir a Atenas y buscar un trabajo para que Lucas pudiera ver a su padre siempre que quisiera...

–Drakon sigue demasiado enfermo como para cenar con nosotros –dijo Theo cuando entró en la habitación, interrumpiendo sus pensamientos.

–Ah, vaya. Espero que se recupere lo antes posible –murmuró ella.

–El médico vendrá a verlo mañana. Mientras tanto, cenaremos solos esta noche. ¿Por qué no te duchas tú antes? Yo tengo un par de llamada que hacer.

–Muy bien –Kerry tomó algo de ropa de la maleta para entrar en el cuarto de baño. Era algo extrañamente familiar, vestirse para cenar mientras Theo hablaba por teléfono, pensó.

Estaba a punto de salir del baño cuando oyó un golpe seco en la puerta.

–¿Has terminado?

–Sí, ya voy –Kerry abrió la puerta y se quedó sorprendida al ver su seria expresión–. ¿Qué ocurre?

–Tu hermana Bridget te ha llamado al móvil. He contestado porque no dejaba de sonar y pensé que podría ser algo urgente.

–¿Qué ha dicho? –exclamó ella, intentando disimular el pánico.

«Dios mío, que no sea Lucas, no dejes que le haya pasado nada a mi hijo».

–Lucas se ha caído... por la escalera, creo. Tu hermana parecía muy disgustada, así que imagino que lo mejor será que vayas con ella.

–¡Dios mío! –Kerry tuvo que apoyarse en la pared para no caer al suelo.

Sólo podía imaginar a su pobre niño cayendo por la escalera...

No debería haberlo dejado en Londres. Todo era culpa suya. Lucas estaba herido y ella no estaba a su lado. Nunca se lo perdonaría a sí misma... nunca volvería a dejarlo.

Theo la miró, sorprendido por su reacción. Se había puesto pálida como una fantasma y temblaba tan violentamente que, murmurando una palabrota en griego, se maldijo a sí mismo por no haberle dado la noticia con un poco más de tacto.

—Lo siento —se disculpó, tomándola del brazo—. Han llevado al niño al hospital, pero creo que no es nada grave.

—Sólo tiene seis meses —musitó Kerry, tapándose la cara con las manos—. ¿Cómo ha podido caerse por la escalera?

A Theo se le encogió el corazón al verla tan angustiada.

—He pedido un helicóptero, llegará enseguida. Y mi jet está esperando en Atenas para llevarnos de vuelta a Londres.

—¿Vas a llevarme allí?

—Sí, iré contigo —Theo la ayudó a sentarse en una silla. No tenían tiempo para cenar y sabía que sería absurdo intentar que comiese algo en aquel momento, pero con un poco de suerte comería algo en el avión. Viajar con el estómago vacío era lo peor para alguien que no soportaba bien los vuelos, y Kerry tenía que estar bien para ayudar a su hermana cuando llegasen a Londres.

Luego empezó a guardar sus cosas en las maletas. No había tiempo que perder porque el helicóptero debía de estar a punto de llegar.

Kerry estaba en el avión privado de Theo, mirando el cielo oscuro por la ventanilla. Lucas debería estar en su cuna, con ella a su lado, no en un hospital después de un extraño accidente.

Había llamado a su hermana en cuanto pudo calmarse, pero no había podido localizarla, seguramente porque la habrían obligado a apagar el móvil. Y Steve, el novio de Bridget, no sabía cómo se encontraba el niño. Estaba en casa con sus hijos, esperando a la niñera para reunirse con Bridget en el hospital. Cuando supiera algo, cualquier cosa, la llamaría de inmediato.

–Llegaremos pronto –dijo Theo, sentándose a su lado–. Tengo un coche esperándonos en el aeropuerto.

–Gracias –murmuró Kerry–. Habría sido una pesadilla intentar volver a casa en un avión de línea regular.

–¿Cómo te encuentras? –preguntó él, al ver que no había tocado el sándwich.

–Bien –mintió Kerry, sintiendo una ola de náuseas.

–Voy a buscar una botella de agua mineral –dijo Theo, levantándose para ir al bar.

Kerry lo observó, pensando que había hecho eso cien veces cuando estaban juntos. Siempre se mostraba atento con ella... pero después de la brutal manera en la que había roto su relación, había olvidado esas pequeñas cosas.

–Lucas se pondrá bien, ya lo verás –le dijo luego, cuando volvió a su lado–. Si hubiera malas noticias, estoy seguro de que Steve sabría algo.

–Gracias por ser tan amable.

–La familia lo es todo. Ya sabes cuánto quiero a mi sobrino e imagino que tú sientes lo mismo por el tuyo.

Kerry se mordió los labios. Por supuesto, Theo pensaba que Lucas era hijo de Bridget. Y, evidentemente, Bridget no le había dicho nada.

Pero si iba a confesarle la verdad, aquél era el momento.

–Lucas no es mi sobrino –le dijo, intentando mostrarse serena, aunque su corazón latía con tal fuerza que casi la ensordecía–. Es mi hijo.

–¿Qué?

Theo la miraba, perplejo, convencido de haber oído mal.

–Lucas es mi hijo –repitió Kerry.

Estaba pálida, pero lo miraba directamente a los ojos y Theo supo que hablaba en serio. Entonces, casi como si su cerebro trabajase a cámara lenta, llegó a la conclusión obvia.

Kerry había dicho que Lucas tenía seis meses. Seis meses y nueve meses más...

–Es *mi* hijo.

Tenía un hijo.

¿Cómo podía ser? No le parecía posible que algo tan monumental hubiese permanecido en secreto. Kerry le había escondido a su hijo, a su propia sangre.

¿Por qué no se lo había dicho? La pregunta no dejaba de repetirse en su cabeza. Pero el porqué no importaba.

–Lo lamentarás.

–¿Haber tenido un hijo contigo? –replicó Kerry.

–Habérmelo escondido durante tanto tiempo.

Theo miraba su pálido rostro intentando contener los furiosos latidos de su corazón.

Tenía un hijo. Era el padre de un niño. Y Kerry había intentado que no lo supiera nunca. Si no hubiera ido a buscarla a Londres...

De no ser por la isla de Drakon, jamás habría ido a buscar a Kerry y, por lo tanto, jamás habría sabido que tenía un hijo. Incluso después de estar todo un día juntos, había hecho falta una situación de emergencia para que ella le confesara la verdad. Y seguramente sólo porque sabía que no podría seguir fingiendo que era su sobrino una vez que llegasen al hospital.

–No podrás seguir reteniendo a mi hijo.

Le temblaba la voz y sus ojos se clavaban en ella como un arma mientras se levantaba del asiento.

Y Kerry, asustada, pensó que había cometido un tremendo error.

Theo no volvió a hablar con ella salvo para confirmarle el nombre del hospital al que habían llevado al niño. Hicieron el viaje en la limusina en completo silencio. La tensión podía cortarse con un cuchillo, pero eso no era lo más importante, sino llegar cuanto antes al hospital.

En cuanto llegaron a la entrada de Urgencias, Kerry vio a Bridget en la puerta, con Lucas en brazos, y salió del coche sin esperar un segundo.

–Mi pequeño –murmuró, tomando a su hijo en brazos–. Mi angelito, cariño mío...

Le temblaban los labios mientras apretaba al niño contra su corazón y de repente, sin poder contenerse, empezó a llorar.

–Está bien –la tranquilizó su hermana–. Me puse muy nerviosa cuando se cayó, pero el médico ha dicho que está perfectamente.

Kerry miraba a su hijo a través de una nube de lágrimas. El niño clavó en ella sus ojitos azules... y luego le sonrió, mostrando dos hoyitos en las mejillas.

–Cariño mío, qué susto me has dado –suspiró Kerry, acariciando sus oscuros rizos. Pero cuando lo oyó reír su alivio fue completo.

Parpadeando para controlar las lágrimas, se juró a sí misma que jamás volvería a apartarse de él.

Theo, detrás de ella, también dejó escapar un suspiro de alivio. Lucas estaba bien. Lucas, su hijo, estaba bien.

Mientras Kerry lloraba abrazada al niño, Theo vio unos rizos oscuros. Su hijo tenía el pelo oscuro como él y ese detalle, no sabía por qué, le sorprendió. En las dos horas que habían transcurrido desde que descubrió que era padre no se le había ocurrido pensar cómo sería el niño físicamente. Todos los niños eran iguales, ¿no?

Pero, de repente, necesitaba ver a su hijo y dio un paso adelante. En ese momento escuchó un sonido que no pudo reconocer de inmediato, aunque pronto se dio cuenta de que era una risa infantil.

Era un sonido puro, maravilloso... el sonido de la felicidad de su hijo al estar de nuevo en brazos de su madre.

Algo dentro de él se contrajo. Aquél era su hijo. Y nadie iba a volver a privarlo de estar con él un solo minuto más.

Los siguientes minutos pasaron para Kerry en una neblina de alivio, mientras Bridget intentaba explicarle lo que había pasado. Pero en lo único en lo que podía concentrarse era en que su hijo estaba bien. Aparte de un pequeño cardenal en el trasero, Lucas estaba intacto. No era tan horrible como Bridget, con el susto inicial, le había hecho creer.

Kerry había imaginado que el niño había caído rodando por la escalera principal, pero sólo habían sido los dos escalones que separaban la cocina de la despensa. Aún no sabía gatear, pero sí sabía rodar sobre sí mismo y decidió hacerlo mientras su tía estaba de espaldas.

Theo apenas había dicho una palabra. Estaba

siendo amable con todo el mundo, pero Kerry lo conocía bien. Lo suficiente como para saber que algo estaba pasando tras esos ojos oscuros.

–Gracias por traer a Kerry tan rápido –Bridget lo abrazó, agradecida.

–De nada –dijo él, inmóvil como una roca mientras su hermana se apartaba, sorprendida–. Gracias a ti por llamar por teléfono. Quiero que sepas que agradezco todo lo que has hecho por Lucas... pero Steve y tú debéis volver a casa y dejarnos solos.

–Pero... –Bridget miró a Kerry, sorprendida.

–Lo sabe –dijo ella.

–Sí, sé que Lucas es mi hijo –anunció Theo–. Y ahora que lo sé, tengo la intención de tomarme mis responsabilidades como padre muy en serio.

–¿Qué quieres decir con eso? –le espetó Bridget, mirando de Kerry a Lucas, que dormía tranquilamente en los brazos de su mamá.

–Quiero decir que a partir de ahora me haré cargo de él.

–Un momento –dijo ella, a la defensiva–. Tú echaste a Kerry de tu lado sin ningún miramiento. Eres tú quien dio por terminada la relación.

–Eso fue antes de saber que tenía un hijo. Ahora todo es diferente.

–Pero no puedes aparecer aquí de repente y esperar...

–No pasa nada, Bridget –la interrumpió Kerry. Sabía que su hermana estaba intentando protegerla y se lo agradecía, pero ella sabía defenderse por sí misma–. Vete a casa, por favor. Esto es algo que Theo y yo tenemos que solucionar en privado.

–Pero...

–Vamos, cariño –intervino Steve–. Tu hermana ya es mayorcita.

Kerry intentó sonreír, aunque por dentro sentía un tumulto de emociones. Pero al menos tenía a Lucas en sus brazos otra vez. Inclinando la cabeza, rozó su carita con la nariz, sintiendo una oleada de amor por su hijo. Lucas era lo único importante. Y mientras estuviera a su lado, todo lo demás carecía de importancia.

–Iremos a un hotel a pasar la noche –anunció Theo.

Volvieron a la limusina en silencio, pero esta vez Lucas iba en una sillita de seguridad al lado de Kerry. Y el ambiente entre ellos seguía siendo tan tenso como antes.

Era evidente que Theo estaba furioso y Kerry entendía por qué. Pero no sabía lo que sentía o lo que estaba pensando porque su expresión se había vuelto tan fiera y tan impenetrable como el hielo.

Cuando levantó la mirada lo encontró estudiándola, sus ojos negros clavados en ella. Pero no iba a amedrentarla, pensó. Tenía muchas razones para haberle ocultado la existencia de Lucas y se las daría cuando le pidiera una explicación.

La limusina se detuvo a la entrada de uno de los mejores hoteles de Londres y, poco después, subían a una suite de dos habitaciones.

–Será mejor que el niño duerma con nosotros durante un par de días, pero después tendrá su propia habitación.

Kerry estaba tan agotada que no le prestaba mucha atención mientras le cambiaba el pañal a su hijo y lo metía en la cuna que un botones había subido a la suite.

Cuando se incorporaba, tuvo que llevarse una mano a la dolorida espalda. Los últimos días habían sido tan tensos, física y emocionalmente...

Sabía que contarle a Theo la verdad sobre Lucas lo cambiaría todo, pero aun así no estaba preparada para lo que su cerebro acababa de registrar.

–¿Dormirá con nosotros, has dicho? No te entiendo.

–Ahora somos una familia –dijo Theo.

Kerry lo miró a los ojos, tan duros e impenetrables como siempre.

–Tenemos un hijo en común, eso es todo. No somos una familia.

–No lo somos aún –dijo él entonces–. Pero nos casaremos inmediatamente.

Capítulo 7

¿CASARNOS? –repitió ella, atónita–. ¿Quieres que me case contigo?

Después de todo lo que había pasado, ¿cómo podía querer que se casaran? ¿Y por qué pensaba que ella iba a aceptar?

–No, no es lo que quiero. Pero la situación me obliga a hacerlo.

–Yo no te estoy obligando a nada –replicó Kerry, indignada–. Además, yo tampoco quiero casarme contigo.

–Eso está claro –murmuró él–. Considerando que te llevaste a mi hijo y me lo has escondido hasta ahora...

–¿Entonces por qué dices que quieres que nos casemos?

–Porque es lo mejor para mi hijo –respondió Theo, atravesando la habitación para acercarse a la cuna.

–*Nuestro* hijo –lo corrigió Kerry, sintiendo un escalofrío de aprensión al ver la intensidad con que miraba al niño–. ¿Y de verdad crees que será bueno para Lucas vivir con dos personas que no se quieren?

–¿Y qué es lo mejor entonces, según tú? –le espetó Theo–. ¿Vivir en la pobreza, ser cuidado por extraños cuando su madre tiene que irse a trabajar?

–Yo no vivo en la pobreza, vivo como millones de personas en Londres, no te pongas melodramático. Y estoy ahorrando dinero para mudarnos a otro piso porque quiero que Lucas tenga su propia habitación...

–¿No tiene su propia habitación? –exclamó Theo, pasándose una mano por el pelo.

–Las cosas materiales no son lo importante –dijo Kerry–. Lo único importante es que el niño necesita cariño...

–Necesita a su padre –la interrumpió él.

Kerry suspiró. Ella no había querido que las cosas fueran así, pero cuando Theo la echó de su casa pensó que no había alternativa posible. Tenía tanto miedo de que le quitara a su hijo igual que había querido quitárselo a Hallie...

–Podría mudarme a Atenas y buscar un trabajo allí. Así tú podrías verlo cuando quisieras, podrías ser parte de su vida.

–*Tienes* que irte de Londres, sobre eso no hay discusión posible –dijo Theo con frialdad.

–Perdona un momento: *todo* lo que se refiere a la vida de nuestro hijo tiene que ser un acuerdo entre los dos.

–¡Tú me lo has escondido hasta ahora!

–¡Y tú me echaste de tu casa y de tu vida, dejándome sola en un país extranjero! ¿O es que no te acuerdas de eso?

Theo volvió a pasarse una mano por el pelo, nervioso.

—Yo no sé mucho sobre ti... sobre tu infancia o tu familia, pero es evidente que tienes una buena relación con Bridget, de modo que al menos entiendes la importancia de la familia.

—No te pongas condescendiente –dijo ella–. Todo el mundo entiende la importancia de la familia... cuando es una familia de verdad, acogedora y cariñosa.

Nunca le había hablado de su infancia y, debido a su actitud, no tenía la menor intención de hacerlo en ese momento.

—Tú no pareces entender la importancia de un padre, pero mi hijo no crecerá en una casa que no sea la mía. Quiero que sepa que estoy a su lado y que lo quiero de manera incondicional. No pienso dejar que dude de mi cariño ni un solo día de su vida.

Kerry lo miró, sorprendida por la pasión que había en esas palabras. Apenas había visto a su hijo durante una hora, pero su amor por él era evidente.

¿Cómo iba a negarle que viviera con Lucas, que fuera parte de su vida?

Ella ni siquiera sabía quién era su padre. Nunca había tenido el cariño de una familia de verdad, el cariño que Theo estaba expresando por su hijo. ¿Cómo iba a negárselo al niño?

–Lucas necesita a su padre y a su madre –siguió Theo, más calmado–. A pesar de que has intentado ocultarme su existencia, me doy cuenta de cuánto lo quieres, no soy ciego. E imagino que querrás lo mejor para él, por eso debemos casarnos.

Kerry lo pensó un momento, pero al final decidió hacer lo que era mejor para su hijo.

–Muy bien –dijo por fin–. Me casaré contigo.

Al día siguiente volvieron a Grecia. Theo los llevó a una pequeña isla que era la residencia privada de los Diakos porque, según él, la paz y la tranquilidad de aquel sitio serían el ambiente ideal para que padre e hijo se conocieran.

Kerry estaba de acuerdo porque Theo siempre estaba muy ocupado cuando vivían en Atenas, pero eso significaba que estaría con ellos las veinticuatro horas del día y para ella sería imposible relajarse o bajar la guardia.

El único respiro que tuvo ese día fueron los minutos en los que Theo habló por teléfono con Drakon para preguntarle cómo se encontraba. Por lo visto, seguía empeñado en comprar su isla y no pensaba perder ninguna oportunidad.

Al día siguiente, a pesar de su intención de estar con Lucas, Theo descubrió que tenía que volver a Atenas por un asunto urgente y Kerry se sintió secretamente encantada. Mientras veía el helicóptero perderse en el cielo, el nudo que tenía en el estómago se deshizo por fin. Habían pasado gran parte del día anterior en un avión y estaba agotada. Y, además de eso, el ambiente entre ellos era cada vez más tenso.

Fue un alivio poder pasar el día jugando con Lucas y, por la tarde, decidió llevarlo a nadar. La piscina desbordante en la que Theo solía hacer ejercicio por las noches era demasiado grande, pero había otra más pequeña a un lado, a la sombra de unos sauces, mucho más apropiada para un niño de seis meses que aún no sabía nadar.

Kerry miró los bañadores que Sara, el ama de llaves, había dejado para ella sobre la cama... pero sólo había biquinis. En casa, cuando llevaba a Lucas a la piscina municipal, siempre se ponía un bañador, pero había olvidado guardarlo en la maleta. El embarazo había dejado sus marcas y aún no había sido capaz de perder todos los kilos que deseaba. Y, para empeorar el asunto, tenía el abdomen lleno de estrías.

Mientras vivía sola no había pensado mucho en ellas porque siempre estaba ocupada cuidando de Lucas. Ahora, aunque Theo estaba en Atenas, se negaba a salir al jardín con el estómago al aire. Pero no quería que Lucas se perdiera la piscina, de modo que se puso un biquini y se envolvió la cintura con una toalla.

El agua era fabulosa, a la temperatura perfecta, y transparente como el cristal.

–¿Te gusta? –rió, cuando Lucas empezó a chapotear. El niño movía las piernecitas con fuerza mientras ella lo sujetaba y tenía la impresión de que iba a ser un buen nadador... como su padre.

Después de un rato lo sentó en el primer escalón de la piscina, con el agua llegándole a la barriguita, mientras ella se sentaba en el de abajo, sujetándolo para que pudiese jugar con unas pelotas de goma.

Los juguetes debían de ser de Nicco, pensó. Y eso la hizo pensar en Hallie y Corban. ¿Qué habría sido de ellos?, se preguntó. Theo no le había contado nada y ella no había querido indagar para no reabrir la herida.

–Mira, tenemos un barquito –sonrió, haciéndolo flotar hacia su hijo, que se puso a gorgotear de alegría, alargando las manitas y golpeando el agua para atraerlo hacia sí–. Es azul. Es un barco azul.

Kerry empezó a pensar en su decisión de casarse con Theo. ¿Habría hecho bien?, se preguntaba, ¿o estaría cometiendo el mayor error de su vida?

Sabía que estaba corriendo un gran riesgo, que su matrimonio podría ser parte de un plan de Theo para alejarla de Lucas. Una vez que el niño llevase sus apellidos, podría intentar dejarla fuera. Desde luego, sabía que había animado a Corban para que hiciera eso mismo con Hallie.

Pero por la pasión con la que había hablado de que un niño necesitaba un padre y una madre, estaba casi convencida de que no iba a hacer eso. Y, aunque lo intentase, ella no se lo permitiría.

La situación con Hallie había sido diferente. Theo temía que no fuera una madre responsable y, aunque a ojos de Kerry eso no justificase en absoluto lo que pensaba hacer, podía entender sus motivos... o al menos su intención de cuidar de Nicco.

Escuchó entonces el ruido de las aspas de un helicóptero, pero cuando levantó la cabeza vio que se alejaba de la isla. Debía de haber estado tan perdida en sus pensamientos que no lo había oído llegar...

—He conseguido escaparme antes de lo que pensaba —la voz de Theo, a su espalda, la sobresaltó.

—Hola —Kerry se volvió para saludarlo.

Llevaba un traje de chaqueta oscuro y unas gafas de sol, el pelo despeinado por el viento y el nudo de la corbata suelto. Pero seguía teniendo ese aire frío, inalcanzable.

—Voy a cambiarme de ropa y luego me reuniré con vosotros en la piscina.

—¡No! —exclamó Kerry. La idea de estar semidesnuda con él a su lado la llenaba de horror—. Quiero decir que... estábamos a punto de salir del agua. Lucas está empezando a cansarse.

—A mí me parece que no está cansado.

—Pues lo está. ¿Te importa pasarme la toalla?

Theo la miraba de una forma indescifrable. Con las gafas de sol ocultando sus ojos no había manera de saber lo que estaba pensando.

—La toalla, Theo —repitió Kerry.

—Ah, disculpa —murmuró él, quitándose las gafas para admirar la figura femenina. Estaba medio oculta bajo el agua, pero podía ver sus caderas, más redondeadas que antes, y sus largas piernas. Después levantó la mirada hacia la parte superior del biquini...

Kerry llevaba un biquini azul que, con su piel tan clara, le sentaba de maravilla. Le parecía como si hubiera pasado una eternidad desde la última vez que la vio desnuda y una familiar oleada de deseo le perturbó.

En la isla de Drakon había pensado que sus pechos parecían más grandes. Ahora, con ese biquini, comprobó que estaba en lo cierto.

Kerry respiraba agitadamente, sus pechos subiendo y bajando, y Theo deseó poder alargar la mano para meterla bajo las copas del biquini y pellizcar sus pezones como a ella le gustaba. Habían nadado muchas veces en esa piscina de noche y en casi todas las ocasiones habían terminado haciendo el amor...

Pero se daba cuenta de que Kerry no estaba contenta de verlo. Su llegada le había sorprendido y, de inmediato, se había puesto a la defensiva. Y eso le molestaba. No le gustaba entrar en una habitación y notar que ella se ponía tensa, porque era una afrenta a su dignidad masculina. Antes temblaba como una gatita mimosa cada vez que se acercaba, haciéndolo sentir como un poderoso león.

Ahora, sin embargo, todo era diferente. En la isla de Drakon había habido una química innegable entre ellos, pero Kerry se contuvo, presumiblemente porque temía que descubriese la existencia de Lucas. Y ahora, en su isla, después de descubrir el secreto de la existencia de su hijo, el ambiente era cada vez más tenso.

Sabía que Kerry no quería casarse con él, que sólo lo hacía por el niño. Y que si siguiera sintiendo algo por él no le habría escondido a Lucas durante tanto tiempo.

Saber eso era como una bofetada.

Entonces miró a su hijo, chapoteando en la piscina. A él no le parecía que estuviera cansado, pero si Kerry decía que lo estaba debía de ser verdad.

—Deja que lo tome en brazos —murmuró, guardando las gafas de sol en el bolsillo de la chaqueta.

Tomó al niño por la cintura para sacarlo del agua... y Theo lanzó un alarido que le asustó. Quizá lo había levantado demasiado bruscamente, pensó. Nervioso, lo puso delante de su cara, mirándolo a los ojos.

—No te asustes, pequeñín.

Lucas volvió a gritar, moviendo las piernecitas, y Theo se dio cuenta de que no estaba asustado sino contento. Le había gustado que lo levantara así.

Era un niño muy valiente, pensó, sonriendo para sí mismo. Y cuando por fin lo miró a los ojos, tan azules como los de su madre, sintió una inesperada ola de emoción. Aquella extraordinaria personita era su hijo, carne de su carne, sangre de su sangre.

Entonces se dio cuenta de que estaba sujetando al niño en una posición muy poco natural. Quizá debería envolverlo en una toalla y colocárselo sobre el hombro. Tenía que hacer algo, pero no sabía cómo maniobrar.

Kerry se mordió los labios. Ver a Theo jugando con su hijo por primera vez le resultaba raro y sus gestos de cariño provocaban en ella una extraña mezcla de emociones.

Se alegraba de que Lucas creciera teniendo un padre, pero al mismo tiempo eso la hacía sentir inquieta. Una vez había soñado que Theo la miraba así a ella, con ese amor, con esa emoción.

Nerviosa, salió de la piscina y se envolvió en la toalla a toda prisa, intentando darle la espalda.

–Dame al niño si quieres.

–No, no. ¿Por qué me das la toalla? Yo creo que tiene frío.

Kerry vaciló. Necesitaba la toalla para esconder sus estrías y sus kilos de más. Pero no podía arrancarle al niño de los brazos.

–No te preocupes, no lo voy a tirar –dijo Theo, burlón, al ver que vacilaba.

–No es eso –murmuró ella.

Pero, sabiendo que no podía hacer otra cosa, se quitó la toalla y envolvió a Lucas con ella, esperando que no dejase de mirar al niño.

Vana esperanza. Un momento después, Theo estaba mirándola por encima de la cabecita de Lucas, sus ojos deslizándose de forma admirativa por

su cuerpo como había hecho tantas veces... para levantar las cejas, sorprendido, cuando llegó a su estómago.

Antes de que Kerry pudiera darse la vuelta o ta-
parse con algo, pudo ver una expresión de disgusto
en el rostro del hombre que pretendía ser su marido. Una expresión que ni siquiera se molestó en
disimular.

Y luego, sin decir nada, se dio la vuelta para di-
rigirse a la casa, llevándose a Lucas con él.

Capítulo 8

KERRY se quedó mirándolo, sorprendida y dolida por lo que acababa de presenciar. Sabía que las estrías no eran muy atractivas y que no había recuperado del todo la figura después del embarazo, pero esa expresión de asco era intolerable.

Aquel hombre no tenía la más mínima consideración, ni con ella ni con nadie. ¿Qué clase de monstruo era Theo Diakos?, se preguntó, desolada.

Él solía mirarla como si adorase su cuerpo, como si el placer que encontraba en él, y que le daba a ella a cambio, fuese tan importante como respirar. Y saber que la encontraba repulsiva ahora que el embarazo había dejado marcas en su cuerpo le resultaba insoportablemente ofensivo.

¿Cómo se atrevía a mirarla de esa manera, a hacerla sentir desagradable? Ella no le había pedido que la llevase allí. De hecho, no había querido saber nada de él. Si no hubiese aparecido en Londres, de repente, Lucas y ella seguirían viviendo felices en su apartamento.

Furiosa, Kerry entró en la casa, dispuesta a decirle lo que pensaba de él. Cuando llegó a la puerta de su habitación, el ama de llaves se llevaba a Lucas para bañarlo y Kerry los miró, indecisa. No sabía si llamar a Sara para decirle que ella bañaría a su hijo o buscar a Theo para dejar las cosas claras.

Al final, entró en la habitación y cerró de un portazo.

–¿Cómo te atreves a mirarme así? –le espetó, en jarras, sin molestarse en ocultar su cuerpo–. ¿Cómo te atreves a hacerme sentir mal por algo tan natural como un embarazo?

–¿Qué?

–Me has mirado como si mis estrías te pareciesen repulsivas.

–¿Cómo puedes ser tan egocéntrica? –exclamó él, levantando las manos al cielo antes de quitarse la chaqueta–. ¿Crees que tu cuerpo me disgusta?

–He visto tu expresión hace un momento. Y me alegra, la verdad, porque no vas a volver a tocarme en toda tu vida.

–¿Ah, no? –replicó Theo, tirando de su brazo para aplastarla contra su pecho–. Sé que eso es lo que tú quieres que piense.

–No es lo que quiero que pienses, es la verdad. No te quiero cerca de mí –dijo Kerry, intentando apartarse.

–Vamos a ver si es verdad. Creo que tú quieres que te toque y estoy seguro de que no intentarás detenerme –Theo la tiró sobre la cama.

–¡Suéltame! –gritó Kerry, pero él ya se estaba inclinando, aplastándola con su cuerpo.

Estar en la cama de Theo, en el sitio donde la había llevado tantas veces al séptimo cielo cuando eran amantes, desataba en ella una respuesta instintiva. Por el momento apenas la había tocado, pero la mera idea de que lo hiciera la excitaba.

Kerry lo miró a los ojos y el crudo deseo que vio en ellos la hizo temblar por dentro. En ese momento supo que por mucho que el sentido común le dijera que saliese de allí, su traidor cuerpo anhelaba a Theo... como lo había anhelado siempre.

–Cuando te vi en la piscina me moría por tocarte –empezó a decir él–. Quería meter las manos bajo las copas del biquini y acariciar tus pechos.

Kerry experimentó una ardiente ola de anticipación, pero en su cerebro sonaban campanitas de alarma. Estaba jugando con ella, intentando humillarla. Había visto cómo la miraba en la piscina y había notado el desdén en su voz...

Intentó empujarlo para levantarse, pero Theo se aprovechó del movimiento y acabó sentada al borde de la cama, entre sus piernas, con la espalda apoyada en su torso.

–No me digas que no quieres que te toque –el cálido aliento de Theo rozaba su cuello.

Kerry miró hacia abajo y vio que la tenía sujeta por la cintura con un brazo, la otra mano acariciando su estómago. Tenía razón, quería que la tocase. Quería que se tumbase sobre ella y la poseyera, que le hiciese el amor como antes. Su pulso se había acelerado y respiraba erráticamente después de una simple caricia. Lo deseaba, era cierto.

Pero no quería que fuera así.

–Tienes una piel tan suave... –su voz despertaba escalofríos. Cuando metió una mano bajo la copa del biquini y empezó a acariciar sus pechos, un involuntario suspiro escapó de su garganta. Sin darse cuenta, Kerry arqueó la espalda, levantando sus pechos en una inconsciente invitación mientras Theo masajeaba los redondos globos de la manera que él sabía, provocándole un exquisito placer.

Apenas se dio cuenta de que apartaba la mano y la tumbaba sobre la cama, pero Kerry ya no intentó resistirse. Con los ojos cerrados, se sentía como perdida en una ola de deseo. Y cuando él cerró la boca sobre uno de sus pezones la excitación se volvió insoportable.

–Theo... –suspiró, olvidando momentáneamente todo lo que no fuera esa mágica sensación–. Oh, Theo...

De repente, Kerry abrió los ojos y puso las manos sobre sus hombros para apartarlo.

Era como si decir su nombre en voz alta hubiera roto el hechizo. Durante unos segundos había perdido la cabeza, pero en cuanto dijo su nombre recordó su determinación de no dejar que la tocase.

–Tú no me deseas, esto es juego para ti y yo estoy harta de juegos –exclamó, levantándose–. He visto cómo mirabas las estrías.

–¿De verdad crees que me importan esas malditas estrías? ¿Cómo puedes ser tan superficial?

–¿*Yo* soy superficial? –replicó Kerry, airada–. He visto cómo las mirabas.

–Esas estrías son marcas superficiales, sin importancia. Las marcas de una madre. Deberías estar orgullosas de ellas, no esconderlas.

–¿Y tú quién eres para decirme lo que *debo* sentir?

Theo sacudió la cabeza.

–Las he mirado... enfadado por lo que significan. Enfadado contigo por lo que me has quitado durante todos estos meses.

–¿Y no debería yo estar enfadada contigo? ¡Ni siquiera pude decirte que estaba embarazada!

–Deberías habérmelo hecho saber de alguna forma.

–Lo intenté, pero tú no querías escucharme.

–No te creo. Nunca intentaste ponerte en contacto conmigo.

–No, claro que no. Intenté decírtelo esa noche, pero tú no querías escucharme. Me echaste de tu casa sin miramientos...

–¿Esa noche? –repitió él–. Dios mío, pensar que te fuiste de mi casa sabiendo que estabas embarazada...

–No te absuelvas a ti mismo tan fácilmente. ¡No me fui de tu casa, *tú* me echaste de ella!

–¿Desde cuándo lo sabías?

–Lo supe esa misma noche, unas horas antes.

Iba a decírtelo cuando escuché la conversación sobre Hallie. Y no te lo dije después porque tuve
miedo. Te había oído decirle a tu hermano que se
llevase al hijo de Hallie y pensé que intentarías hacer lo mismo con nuestro hijo –contestó Kerry, con
total sinceridad.

Theo la miró, apretando los labios.

–Nunca intentaré quitarte a Lucas. A cambio,
espero que seas una buena madre para él... y para
los demás hijos que podamos tener.

–¿Otros hijos? –exclamó ella–. ¿Estás loco?

–¿Quieres que Lucas sea hijo único o es que no
estás totalmente comprometida con este matrimonio?

–No sé si alguno de los dos está comprome-
tido con este matrimonio. Lo que sí sé con toda
certeza es que tú y yo no nos queremos y una pareja que no se quiere no debería traer hijos al
mundo.

–Ya habrá tiempo de hablar de eso –dijo Theo
entonces, haciendo un gesto con la mano–. Pero
tengo que saber que vas a ser una esposa leal para
mí, tanto en público como en privado.

–¿Vas a ser tú un esposo leal?

Theo asintió con la cabeza.

–Por supuesto.

–Es un compromiso que debemos hacer los dos,
no sólo yo –le recordó Kerry.

–Yo estoy dispuesto a ser tu marido y a que tú
seas mi esposa... en todos los sentidos.

Después de decir eso salió de la habitación, dejando a Kerry temblorosa.

Un río de anticipación empezó a correr por sus venas. Sabía lo que Theo había querido decir. Y, a pesar de lo que le decía el sentido común, anhelaba entregarle su cuerpo.

Otra vez.

Más tarde, cuando Lucas ya estaba en la cuna que habían instalado en su nueva habitación, Kerry paseaba por la casa sintiéndose inquieta. Theo estaba en su estudio, trabajando, pero le había dicho que se reuniría con ella para cenar.

Después de ducharse, se había puesto un vestido azul con escote halter y sandalias de tacón alto. La suave tela se ajustaba bajo sus pechos, cayendo en capa hasta las rodillas.

Kerry iba de habitación en habitación, pensando en todo lo que había ocurrido aquella tarde. Pero era casi imposible aceptar cómo había cambiado su vida en unos días.

Lo único que sabía era que, por Lucas, tenía que encontrar la manera de que su matrimonio con Theo funcionase. Sabía que eran compatibles en el dormitorio, pero en la vida de un matrimonio había más cosas que hacer el amor y cuidar de los hijos.

Estaba atravesando el pasillo cuando se encontró frente a una serie de cuadros que llamaron su atención. Algo en ellos le resultaba familiar. Los había visto muchas veces cuando vivía con Theo, pero era algo más...

Y, de repente, lo recordó: las acuarelas que había visto en casa de Drakon Notara. Cuanto más los miraba, más segura estaba de que habían sido pintados por el mismo artista...

De modo que el interés de Theo por comprar la isla de Drakon no era puramente comercial.

Unos minutos después oyó que se cerraba la puerta del estudio y, cuando levantó la mirada, lo vio acercándose a ella por el pasillo. Era tan guapo que simplemente con mirarlo se quedaba sin aire.

Se había quitado el traje de chaqueta que llevaba por la mañana para ponerse unos vaqueros y una camiseta que se ajustaba a su torso como una segunda piel. Incluso a distancia podía ver el magnético movimiento de sus anchos hombros...

Kerry se dio cuenta entonces de que había echado de menos mirarlo así; poder admirar su físico atlético, maravillándose de compartir su cama por las noches con aquel hombre tan apuesto.

—¿Lista para cenar?

—Sí, claro.

Kerry sintió un escalofrío cuando Theo le pasó un brazo por la cintura, pero intentó relajarse. Evidentemente, él quería que dejasen la discusión atrás y actuasen como una pareja normal, y quizá era lo mejor.

—Espera un momento... estaba mirando estos cuadros —dijo entonces, deteniéndose—. Me intriga saber por qué Drakon y tú tenéis cuadros pintados por el mismo artista.

Theo se detuvo de golpe, con expresión seria.

–Ya sabes que no me gusta que la gente meta las narices en mis asuntos...

–Y yo pensé que habías dicho que íbamos a ser un matrimonio –lo interrumpió ella–. Es una pregunta perfectamente natural. Supongo que querrás que Lucas crezca con una madre que es capaz de mantener una conversación normal con su marido, ¿no?

Theo asintió con la cabeza, quizá un poco avergonzado.

–Tienes razón.

Su respuesta había sido automática, una reacción instintiva ante el interés de Kerry por el pasado difícil de su familia. Pero ahora que ella iba a ser parte de la familia era lógico que supiera algo sobre los Diakos... aunque no todo.

–Los cuadros son de mi tío.

–Tienes un tío artista, qué bien –sonrió ella–. Pero eso significa que tu tío vivió en la isla de Drakon. ¿Por qué no me lo habías dicho?

–¿Cómo lo sabes? –preguntó Theo, desconcertado.

–Le pregunté a Drakon por los cuadros y él me contó que el autor solía vivir en la isla.

–Sí, es verdad.

–También me dijo que estaban en la casa cuando hace veinticinco años le compró la isla a un constructor arruinado, afortunadamente antes de que empezase a construir hoteles y discotecas.

–Ese constructor dejó una deuda enorme cuando se declaró en quiebra.

–Pero si tu tío vivió allí, ¿eso significa que fue una vez dueño de la isla?

–No exactamente –Theo se pasó una mano por el pelo mientras daba la vuelta para salir a la terraza–. Era de la familia de mi madre. Su hermana gemela, mi tía Dacia, estaba casada con el artista.

–¿Y por qué la vendieron? Es un sitio precioso.

Theo carraspeó. Se encontraba incómodo hablando de ese tema... pero pensar eso casi lo hizo reír. La primera vez que hablaba de verdad con Kerry en catorce meses y a los cinco minutos ya empezaba a asustarse.

La información sobre lo que pasó era de dominio público, de hecho era de nulo interés para cualquiera que no fuese de su familia. Pero era algo de lo que prefería no hablar porque se sentía avergonzado. Avergonzado de ser el hijo de su padre.

–No tienes que contármelo si no quieres.

Estaban en el balcón, sobre la piscina, que desde allí de verdad parecía confundirse con el mar.

La isla, con sus elegantes edificios y lujosa piscinas de aguas azules, era preciosa. Pero no tenía la misma magia que la de Drakon. Tal vez porque la isla de Drakon era salvaje, con sus viejos olivos y sus casitas de piedra. Desde luego, tenía algo que la hacía especial.

–Para tu madre y su hermana debió de ser un disgusto horrible tener que marcharse de allí.

–Mi madre se marchó por decisión propia. Quería la emoción y las oportunidades que le ofrecía una gran ciudad. A mi tía, sin embargo, le encantaba la isla. Seguía siendo relativamente joven cuando mis abuelos murieron, pero logró conservar la casa y el negocio de venta de aceite de oliva alquilando habitaciones a varios artistas. Así fue como conoció a su marido, Demos.

–¿Y por qué se marcharon de allí?

–Por culpa de mi padre –contestó Theo.

Kerry lo miró, sorprendida, sabiendo que la conversación había entrado en un territorio quizá demasiado personal. Porque ahora entendía que no quisiera hablar de la isla. Ella sabía que Theo no se hablaba con su padre... aunque nunca le había dicho por qué.

–Mi padre tiene la mala costumbre de meterse en la vida privada de los demás y fue debido a su indiscreción por los que mis tíos perdieron la isla. Mi tío murió en la miseria, pensando que le había fallado a mi tía. Ella se quedó sola, con el corazón roto, después de perder al amor de su vida y la isla que era su hogar desde que nació.

–Qué horror. ¿Tu tía vive todavía? No recuerdo que Corban o tú la mencionaseis nunca.

–Porque no nos dirige la palabra. No quiere saber nada de nosotros por culpa de nuestro padre.

–Pero lo que pasó no es culpa vuestra. Vosotros

no sois responsables de las cosas que haya hecho vuestro padre –dijo Kerry, indignada–. De hecho, ya ni siquiera habláis con él.

–Mi tía Dacia estaba demasiado dolida por lo que había pasado. Mi madre intentó ayudarla, pero ella se negó porque el dinero que le ofrecía era de mi padre... y Dacia lo odiaba –Theo se pasó las manos por el pelo una vez más, una clara señal de nerviosismo–. Mi padre hizo que mi tío se sintiera inadecuado porque se contentaba con una vida sencilla. Convenció a Demos y Dacia para que hipotecasen la isla e invirtieran el dinero, pero ellos no sabían nada sobre inversiones y lo perdieron todo.

–¿Cómo pudo convencerlos para que hicieran algo así?

–Mi padre es un hombre muy dominante –respondió él–. Pero el último deseo de mi madre en su lecho de muerte fue que Dacia recuperase la isla.

–Y tú estás intentando comprarla para ella –murmuró Kerry, sorprendida por aquella nueva cara de Theo Diakos, una cara desconocida hasta ese momento–. Tu tía te lo agradecería mucho, imagino.

–No lo sé –Theo se encogió de hombros. Ese gesto de inseguridad era tan nuevo en él que Kerry, intentando consolarlo, apretó su mano.

–Pues claro que sí.

Él miró sus manos unidas y, de repente, enredó los dedos con los suyos, como solía hacer cuando vivían juntos.

–Sé lo que mi tía piensa sobre mi padre y su dinero porque yo siento lo mismo. Mi padre siempre intentaba decirme cómo tenía que vivir y qué debía hacer... siempre estaba encima, intentando controlarme. Cuando cumplí los dieciocho años tuve que marcharme de casa para que me dejase vivir en paz. Levanté mi negocio por mí mismo, empezando de cero. Nunca acepté un céntimo de mi padre.

–Y Lucas estará muy orgulloso de ti.

Theo la miró entonces, sintiendo una inesperada ola de emoción. Kerry había tocado un deseo profundamente arraigado en él: tener con su hijo la clase de relación que él nunca había podido tener con su padre.

Quería que Lucas lo quisiera y se sintiera orgulloso de él. Y el voto de confianza de Kerry significaba mucho más de lo que había imaginado.

Los últimos rayos del sol bañaban su piel con un brillo dorado y Kerry lo miraba con esos ojos suyos tan azules...

–Estás preciosa –murmuró, tomando su cara entre las manos y rozando sus labios en la más tierna de las caricias.

Al notar que un suspiro escapaba de su garganta la besó con renovada pasión, acariciando su pelo, entregándose al placer de besar a Kerry.

Sus labios eran tan suaves, tan dulces... y cuando sintió que lo rozaba tentativamente con la lengua, una ola de pasión abrasadora hizo que su corazón latiese como si quisiera salirse de su pecho.

Necesitaba hacer el amor con ella... en aquel mismo instante. Y esta vez, sabía que nada iba a detenerlo.

De modo que, sin decir una palabra, Theo la tomó en brazos y la llevó al dormitorio.

Capítulo 9

THEO llevó a Kerry hacia la escalera. Era tan ligera como un pluma y le parecía sexy como el demonio apretada contra su pecho, un brazo sobre sus hombros, la otra mano acariciando su torso.

Su corazón latía furiosamente bajo esos dedos y el brillo de deseo que veía en sus ojos lo hacía sentir imparable. Quería subir las escaleras de dos en dos pero, al mismo tiempo, quería que aquel momento durase un poco más.

Era tan agradable llevar a Kerry a su cama de nuevo... Y eso le recordó la primera noche que pasaron juntos, la primera vez que hicieron el amor. Había sido la primera vez para Kerry, pero se había entregado a él libremente, sin inhibiciones. La forma pura y dulce en la que le había ofrecido su cuerpo le conmovió tan profundamente que esa noche estaría para siempre grabada en su cerebro.

Le ocurría lo mismo ahora, como si toda la desconfianza y la furia que habían sentido el uno por el otro hubieran sido olvidados de repente. El deseo que sentían era mutuo, absolutamente natural.

Theo se detuvo al pie de la escalera y la miró a los ojos. Su largo flequillo caía hacia atrás, apartado de su cara, y en sus ojos azules vio que iba a entregarse como lo había hecho esa noche, que lo deseaba tanto como él.

Sin poder evitarlo, volvió a inclinar la cabeza para buscar su boca y ella reaccionó instantáneamente, abriendo los labios para recibir la caricia y enredando los brazos en su cuello.

Theo la besó fieramente, disfrutando de la efervescencia de su respuesta, de cómo arqueaba la espalda, empujando sus pechos hacia él. Cuando la sintió temblar entre sus brazos supo que era el momento de buscar la intimidad del dormitorio o no sería capaz de contenerse y le haría el amor allí mismo.

De modo que subió las escaleras de dos en dos y empujó la puerta con el pie. Por un momento, sus ojos se posaron en la cama. Desde que Kerry se marchó, aquella cama le había parecido demasiado grande y vacía. Pero ahora ella había vuelto para convertir su casa en un sitio lleno de vida, de pasión.

Kerry echó la cabeza hacia atrás para mirarlo a los ojos. Temblaba de arriba abajo, anhelando que Theo le hiciese el amor. Se daba cuenta de cuánto la deseaba y saber eso despertaba en ella un torrente de pasión.

En el fondo de su alma sabía que las cosas no estaban resueltas entre ellos, pero no quería pensar en eso ahora. Quería dejarse llevar por la felicidad de estar otra vez entre los brazos de Theo.

Había pasado tanto tiempo desde la última vez que hizo el amor que casi se sentía como una virgen otra vez. Los recuerdos de lo tierna que había sido esa primera vez le habían parecido siempre demasiado bonitos, como si ella misma los hubiera embellecido con el paso del tiempo. Pero ahora iba a experimentar el amor físico de Theo una vez más.

—Eres tan preciosa... —dijo él con voz ronca, dejándola en el suelo.

Sus palabras, y su evidente deseo, le dieron confianza y Kerry levantó los brazos para soltar el broche que sujetaba el vestido. La seda de color azul marino se deslizó por sus dedos y, un segundo después, la prenda caía al suelo, alrededor de sus pies.

—Ahora estás aún más preciosa.

Kerry se daba cuenta de que le gustaba mucho lo que veía y, sintiéndose más atrevida, dio un paso hacia él, sólo con un sujetador de encaje y unas braguitas a juego.

—Llevas demasiada ropa —dijo Theo, con voz ronca, mientras se quitaba la camiseta.

Al ver su bronceado torso, Kerry contuvo el aliento. Estaba increíblemente bien formado y su piel parecía de satén. De repente, sentía el deseo de inclinarse hacia delante para tocarlo, pasar la lengua por esos pectorales, poner su cara lo más cerca posible de su corazón.

Un ardor colosal se había apoderado de ella y necesitaba tocarlo, sentir que Theo la tocaba.

Como si hubiera leído sus pensamientos, él la tomó entre sus brazos, pasando las manos por su espalda y su trasero, deslizándolas luego hacia arriba para desabrochar el sujetador.

Theo tiró al suelo la prenda y volvió a apretarla contra su torso. La deliciosa fricción del vello masculino sobre sus sensibles pezones hacía que Kerry perdiese la cabeza y se apretó contra él... pero Theo la apartó para quitarle las braguitas, dejándolas caer al suelo.

Respirando profundamente, ella levantó los pies para librarse de la molesta prenda y se quitó las sandalias al mismo tiempo, quedando completamente desnuda.

Los oscuros ojos de Theo eran como una caricia sobre su cuerpo, pero ella quería más, mucho más.

–Tócame –le pidió, en voz baja.

Theo no necesitaba que lo animase y, en un instante, le dio la vuelta para tomarla por la cintura, apretando su torso contra la espalda de Kerry.

Mientras acariciaba sus costados, ella bajó la mirada y vio sus pechos desnudos vibrando con cada jadeo. Sus pezones estaban duros, como pidiendo atención...

Una atención que recibieron cuando Theo cubrió sus pechos con las dos manos. Kerry dejó escapar un suspiro mientras él masajeaba la tierna carne, enviando olas de placer por su espina dorsal. Y cuando pellizcó suavemente sus pezones, el placer se intensificó.

Kerry echó la cabeza hacia atrás, cerrando los ojos. Era tan perfecto estar así, sintiendo el calor de su piel, la dura erección rozando su espalda mientras las manos de Theo creaban sensaciones maravillosas dentro de ella.

Él levantó una mano para apartar a un lado su pelo, desnudando su cuello para besarla allí apasionadamente. Respiraba de forma agitada y cada suspiro renovaba el glorioso placer que estaba creando con sus caricias. Pero su otra mano se movía hacia abajo, hacia la parte más sensible de su cuerpo.

Kerry abrió las piernas, empujando instintivamente la pelvis hacia delante cuando él metió una mano entre sus muslos.

–Theo... –el nombre escapó de su garganta cuando sus dedos hicieron contacto; las yemas acariciando el capullo escondido entre el triángulo de rizos.

Se le doblaron las piernas y estuvo a punto de caer, pero Theo la tomó en brazos para llevarla a la cama.

De repente, Kerry no podía esperar más para sentirlo dentro de ella, llevándola a un sitio donde sólo él podía llevarla. Con manos temblorosas, empezó a desabrochar su cinturón y logró pasar el cuero negro por las trabillas del pantalón vaquero. Podía sentir la erección masculina luchando por liberarse de la tela y ella quería, *necesitaba*, tenerlo totalmente desnudo, pero le temblaban demasiado las manos.

Theo, tan trémulo como ella, logró bajar la cremallera y quitarse pantalón y calzoncillos a la vez. Luego, de pie al lado de la cama, gloriosamente desnudo y excitado, se quedó mirándola.

El formidable ardor que brillaba en sus ojos oscuros la hizo temblar de anticipación. No podía permanecer quieta, su deseo por él era demasiado grande, de modo que se apoyó en los codos sin dejar de mirarlo, sabiendo que el anhelo de ser suya debía de estar grabado en sus facciones.

Theo se inclinó hacia ella con la gracia de un felino y Kerry se abrazó a él, acariciando su fuerte espalda. Abriendo las piernas, levantó las caderas, dispuesta a ser suya de nuevo.

–Theo... –musitó, cuando él empujó un poco hacia delante. Un segundo después sintió el duro miembro deslizándose dentro de ella, el roce provocando una ola de placer que la hizo gemir, y levantó las piernas para enredarlas en su cintura.

Theo se detuvo un momento, el tiempo suficiente para que ella levantase un poco más las caderas, ansiosa, y luego empezó a moverse de nuevo. Kerry se agarraba a él, sin aire, cada embestida creando una poderosa sensación que bloqueaba todo lo que no fuera ese momento.

Durante largas y solitarias noches se había preguntado si hacer el amor con Theo de verdad podía haber sido tan maravilloso como recordaba. Pero lo único que existía en aquel momento era el placer de ser una con él.

La respiración de Theo se hacía más fatigosa y sus propios jadeos la dejaban sin aire.

El placer dentro de ella empezaba a ser insoportable y, un segundo después, se levantó un poco, la espalda arqueada y los músculos interiores contrayéndose alrededor del miembro masculino. Estaba llegando al orgasmo y su mundo explotó en un caleidoscopio de colores.

Un segundo más tarde oyó gritar a Theo y lo vio temblar, con los ojos cerrados, antes de dejarse caer sobre ella.

La luz de la luna entraba por el balcón mientras Kerry estaba en la cama, escuchando la suave respiración de Theo. Incluso dormido su presencia parecía llenar la habitación. Pero ahora, por primera vez desde que había vuelto a su vida, Kerry estaba disfrutando de esa presencia. Quería quedarse allí, a su lado, y disfrutar del calor que irradiaba el magnífico hombre que estaba a su lado.

Y lo más maravilloso de todo era que, por fin, tenía cierta esperanza para el futuro.

Sabía que la conversación que mantuvieron antes de que Theo la llevase en brazos al dormitorio había ayudado a suavizar el ambiente entre ellos. Theo se había mostrado tan sincero, tan abierto mientras le contaba aquel oscuro secreto de su familia, que la había conmovido. Era un cambio más que bienvenido en su personalidad y esperaba que continuase.

Sabía que ella misma había sido muy reservada sobre su pasado, preocupada siempre por lo que Theo pudiera pensar si era totalmente sincera con él.

Pero le habían hecho daño tantas veces durante su infancia... un dolor que culminó de forma horrible a los dieciocho años. De modo que había aprendido a no confiar en los demás, a no esperar mucho de los otros y, sobre todo, a no pedir nada para evitar la inevitable decepción.

Seguía viviendo con esa filosofía cuando conoció a Theo, de modo que nunca pudo ser totalmente espontánea con él.

Pero eso iba a cambiar. Lo mejor sería tirar las barreras que había levantado para protegerse, pensó. Él lo había hecho esa noche y eso los había acercado, pero sabía que podían estar aún más cerca.

A la mañana siguiente, Kerry bajó a la cocina con Lucas. El niño siempre despertaba al amanecer y nada había cambiado desde que llegaron a Grecia.

Cuando salió a la terraza y se sentó a la mesa,

con Lucas sobre las rodillas, vio a Theo nadando en la piscina, cruzándola de lado a lado con poderosas brazadas. Nunca se cansaría de mirarlo; era un nadador natural y parecía deslizarse por la superficie del agua sin esfuerzo alguno.

Hacía una mañana preciosa, tan temprano aún que el mar parecía de plata y el cielo estaba teñido de un suave color melocotón. Kerry se sentía bien, genuinamente feliz de que Theo los hubiera llevado allí, y levantó la manita de Lucas para que saludase a su padre.

–¡Hola! No os había visto.

Una extraña sensación se apoderó de ella. Quizá porque habían hecho el amor por la noche, quizá por el positivo efecto de su conversación, pero se sentía como si estuviera en casa, como si aquél fuera su sitio.

Theo salió de la piscina, ríos de agua deslizándose por su musculoso cuerpo. Parecía un dios griego emergiendo del mar y Kerry sintió nacer un renovado deseo.

–Buenos días –su voz sonaba más ronca de lo normal y, de repente, se sintió extrañamente tímida.

–Buenos días –dijo él, secándose el pelo con una toalla–. ¿Cómo estás esta mañana? ¿Y Lucas?

–Muy bien, gracias.

Kerry se preguntó si tendría que volver a Atenas de nuevo o se quedaría allí, con ellos. Todo era tan diferente al día anterior, cuando se había alegrado de que la dejara sola con el niño.

–Voy a darme una ducha. Y luego me gustaría pasar la mañana contigo y con Lucas... si te parece bien.

–Me parece estupendo –sonrió Kerry, realmente contenta.

Theo salió de la ducha sintiéndose lleno de energía y pensando en la noche anterior. Había sido fabulosa. Increíble, en realidad. Si su matrimonio iba a funcionar, así era como debían hacer el amor, abierta y honestamente, sin pensar en los problemas que tenían fuera del dormitorio.

Cuando llegaron a la isla, Kerry se había mostrado distante, enfadada incluso. Y él había empezado a preocuparse seriamente. Pero ahora todo parecía haber cambiado entre los dos y Theo se alegraba.

El sonido del teléfono interrumpió sus pensamientos.

–¿Sí? –contestó, molesto con su ayudante por llamar tan temprano. Esperaba que fuese algo importante de verdad...

Dos minutos después atravesaba la casa, furioso. Pero cuando iba a salir a la terraza estuvo a punto de chocar con Kerry, que iba charlando con el niño.

–Ah, no te había visto. ¿Qué te pasa? Estas pálido.

–Estoy bien, pero me temo que debo darte una mala noticia.

–¿Qué ha pasado?

–Es Drakon. Está en un hospital de Atenas.

–Oh, no, pobre hombre. ¿Está muy mal?

–No lo sé. Acaba de llamar mi ayudante para informarme y le he pedido que intente averiguar algo más.

–¿Podemos ir a visitarlo?

–No lo sé, pero me enteraré.

Más tarde ese mismo día recibieron la buena noticia de que Drakon se encontraba un poco mejor. De hecho, había pedido que Theo lo visitara en el hospital para hablar sobre la venta de la isla.

–Debe de encontrarse mucho mejor –sonrió Kerry.

–Sí –murmuró Theo, mientras hojeaba unos documentos que había sacado del maletín, aunque él no tenía tantas esperanzas.

Kerry parecía encariñada con el anciano y no quería preocuparla, pero él no era tan ingenuo como ella. Tenía la impresión de que Drakon estaba intentando poner sus asuntos en orden porque veía próximo el final. Que quisiera venderle la isla cuando antes le había puesto tantas pegas significaba que su intención era dejar las cosas solucionadas para su hija antes de morir.

–Deberías contarle a Drakon por qué quieres comprar la isla –sugirió Kerry–. Entonces seguro que te la vendería.

–Va a vendérmela –replicó Theo–. La mía es la mejor oferta.

–Pero no tiene nada que ver con el dinero, tú mismo me lo dijiste. A Drakon le importa mucho esa isla.

–No me des consejos sobre cómo llevar mis negocios... –Theo no terminó la frase al ver la expresión helada de Kerry–. Perdona, no quería ser tan brusco.

–Yo estaba pensando en Drakon, no en ti. Lo decía porque así él se quedaría más tranquilo –replicó ella, molesta.

Nunca se había metido en sus asuntos. Catorce meses antes no le hacía preguntas sobre su trabajo ni le daba su opinión. Pero ya no era la tímida chica que había sido; tal vez porque ahora era madre y había pasado los últimos seis meses teniendo que cuidar sola de su hijo y tomando decisiones que impactaban en la vida de otra persona.

O tal vez porque un año antes Theo había roto su relación con toda frialdad, dejando claro que no tenía el menor respeto por ella. Pero eso era antes y Kerry decidió no permanecer callada:

–Hay un anciano en el hospital y tú puedes hacer que se sienta tranquilo sobre algo que es muy importante para él. Drakon ha dedicado los últimos veinticinco años de su vida a preservar esa isla tal y como está. Si supiera que la quieres para tu tía, para que pueda vivir tranquilamente y en armonía en la que antes fue su casa, eso significaría mucho para él.

–No es así como yo hago negocios –dijo Theo.

–No seas hipócrita, éste no es un negocio normal para ti. No estás buscando beneficios. Tú mismo me dijiste que querías comprar la isla como un gesto de desagravio hacia tu tía.

–No pienso contarle las vergüenzas de mi familia a un extraño.

–No tienes que contarle nada –insistió Kerry, exasperada–. Sólo dile que tu tía quiere vivir allí el resto de sus días.

–No tengo que decirle nada –suspiró él–. Y quizá no debería habértelo contado a ti tampoco –añadió, cerrando el maletín–. Después de todo lo que ha pasado, tú deberías entender que en esta casa se resuelven los problemas en privado. Las cosas se quedan en la familia.

Kerry recordó entonces la conversación que había escuchado sin querer la noche que Theo la echó de su vida: él diciéndole a Corban que se llevase a Nicco a la isla en el helicóptero, sin el conocimiento de su madre. Y luego había dicho que «lidiaría en privado con Hallie», que nadie fuera de la familia tenía que saberlo.

–Como Hallie –murmuró–. Hallie era un problema, así que tú planeaste quitarle a su hijo y lidiar con ella en privado.

Theo se levantó para cerrar la puerta y luego se volvió hacia ella, furioso.

–Habría sido mejor para todos, te lo aseguro. Hallie es alcohólica y Corban estaba desesperado por enviarla a una clínica en la que pudiera curarse de su adicción. Pero en lugar de tener los mejores cuidados en una clínica privada tuvo un accidente de coche con Nicco en la plaza más conocida de Atenas. ¡Había docenas de personas alrededor cuando la sacaron del coche, llorando y diciendo que su marido planeaba robarle a su hijo!

–¡Porque eso es lo que pensaba hacer!

–Nosotros sólo queríamos ayudarla.

–¿Y fue por culpa de la prensa por lo que no pudisteis *ayudarla*?

–No –dijo Theo, apretando los labios–. Corban no pudo enviarla a la clínica y, con la atención de los medios, su recuperación fue mucho más lenta. Que tú te involucrases en algo que no te concernía estuvo a punto de romper su matrimonio... por no decir que provocó lo que podría haber sido un trágico accidente.

–Yo no provoqué el accidente –se defendió Kerry–. Tenía que decirle a Hallie lo que pensabais hacer. Y vosotros deberíais haber hablado con ella y no hacer planes a sus espaldas.

Theo se pasó una mano por el pelo, furioso.

–Mira, tú eres la madre de mi hijo y por eso pronto serás parte de la familia, pero si quieres quedarte, ser parte de la vida de Lucas, no vuelvas a interferir.

–No me amenaces –replicó Kerry–. No puedes robarme a Lucas. Hay leyes que me protegen.

–Sí puedo –dijo él, con total frialdad–. No lo dudes ni un segundo.

Luego se dio la vuelta y salió de la habitación, dejando a Kerry con expresión horrorizada.

Capítulo 10

EL FUERTE aroma del jazmín flotaba en el aire mientras Kerry empujaba el cochecito de Lucas por la plaza Kolokonai, pasando frente a fabulosas tiendas de ropa de diseño y elegantes cafés.

La fragancia era típica de Atenas y le recordaba su primer verano en la ciudad, cuando se enamoró de Theo.

Theo...

Nunca había habido y seguramente nunca habría una oportunidad para ellos. Su encanto, su asombrosa personalidad y su increíble atractivo físico la habían dejado abrumada entonces.

Recordándolo ahora, estaba segura de que una mujer con más experiencia no se habría quedado tan embobada con él. Una mujer que hubiese vivido más se habría dado cuenta enseguida de que la relación era completamente superficial. Pero Kerry estaba demasiado enamorada como para ver más allá de la felicidad que sentía simplemente estando con Theo.

Sabía que algunas personas querían vivir en el presente, sin pensar nunca en el futuro, pero Kerry no era una de ellas. De niña, siempre había soñado con ser parte de una familia y eso era lo que deseaba darle a Lucas. Pero ahora parecía una esperanza imposible porque Theo se mostraba cada día más distante.

Habían vuelto a Atenas y estaban haciendo los preparativos para la boda, pero la comunicación entre ellos se limitaba a breves e impersonales comentarios sobre Lucas.

Kerry quería hablar con él para intentar mejorar la relación, pero su última discusión había sido tan terrible que temía turbar el precario equilibrio que habían conseguido mantener desde entonces.

Al menos ahora entendía por qué Theo se había enfadado tanto con ella el día que Hallie tuvo el accidente, pero seguía sin estar de acuerdo con lo que Corban y él querían hacer y seguía convencida de que había hecho lo que debía.

Y convencida de que Theo la había echado de su vida sin contemplaciones porque no la había amado nunca.

Ella no sabía que Hallie fuese alcohólica, pero como solían verse en reuniones sociales, cuando todo el mundo bebía, no se había dado cuenta del problema. Además, sabía que algunos alcohólicos eran expertos en esconder su adicción. Y ella, haciendo lo que le había parecido que era su deber, había empeorado la situación.

Kerry volvió al hotel con el corazón encogido. Ese asunto siempre estaría ahí, separándolos.

Cuando llegó a la suite que ocupaba con Theo, metió a Lucas en la cuna y le puso el chupete.

–Hora de dormir la siesta, ángel mío –murmuró.

El niño se quedó dormido casi inmediatamente y Kerry salió a la terraza, atraída por las voces que oía en el piso de abajo.

Cuando miró hacia la terraza privada del apartamento de Corban y vio al hermano de Theo con Hallie y Nicco en la piscina, sintió una ola de emoción. Los tres parecían tan felices... y Nicco había crecido mucho. Hallie estaba embarazada otra vez y el amor y el orgullo se reflejaban en el rostro de Corban Diakos.

Estaban todos juntos, disfrutando de la vida. Era una familia perfecta, como la que ella deseaba para su hijo.

De repente, se le hizo un nudo en la garganta y sus ojos se llenaron de lágrimas.

Theo entró en el hotel dispuesto a subir a la suite sin pasar por la oficina. Su ayudante le había comunicado que Kerry ya estaba allí y quería avisarla de que Corban y su familia habían vuelto de viaje.

No quería que se encontrase con ellos sin haberla avisado previamente porque temía que fuera una situación incómoda. De modo que era su intención estar presente la primera vez que se vieran después del «incidente».

Entró en la suite sin hacer ruido, por si Lucas estaba dormido, y vio a Kerry en la terraza, mirando hacia abajo. Pero su postura le dijo que ocurría algo raro. Tenía los hombros caídos y su cuerpo parecía sacudido por sollozos...

–Kerry.

Ella se volvió a toda prisa, intentando disimular.

–Ah, hola, no te había oído entrar.

–¿Qué te pasa? ¿Por qué lloras?

–Por nada. Es que estaba mirando a tu hermano con su familia... yo no quería hacerles daño, ésa no era mi intención.

–La verdad es que no sé cuál era tu intención –dijo Theo, un poco turbado al verla llorar–. ¿Por qué no pensaste que yo sólo quería lo mejor para mi familia?

–No lo sé, tal vez porque no te conocía bien. Y sigo sin conocerte –dijo ella.

–Tú me conoces...

–No, no es verdad. Y tú no me conoces a mí –lo interrumpió Kerry–. Cuando vi lo que estabas a punto de hacer pensé en mi madre... en cómo la mató que me arrancasen de sus brazos.

Theo la miró, perplejo. ¿De qué estaba hablando? ¿Qué tenía que ver su madre en todo aquello?

–No te entiendo.

–Me robaron de los brazos de mi madre y, al final, desesperada, ella se mató –le contó Kerry, incapaz de contener las lágrimas.

–Ven, vamos dentro. Siéntate un momento, por favor. ¿Quieres un poco de agua?

Ella asintió con la cabeza, tomando el vaso de agua con manos temblorosas. No quería decir nada más, pero ahora que había empezado no parecía capaz de parar.

–Mi madre era muy joven cuando yo nací. Sólo tenía dieciséis años.

–No lo sabía.

Kerry sacudió la cabeza.

–Ya te he dicho que no sabemos mucho el uno del otro –suspiró, apartándose el pelo de la cara–. Mi abuela se quedó horrorizada cuando nací. Estaba convencida de que mi madre no sabría cuidar de un recién nacido, de modo que me llevó con ella. Me crió con Bridget, haciéndome creer que era mi hermana mayor, pero fue un desastre para todos. Nunca me quiso y para ella tener otra niña en casa era una molestia... y me lo hizo saber, te lo aseguro. Pero lo peor de todo fue que su decisión destrozó la vida de mi madre. La hizo sentir como un fracaso y nunca consiguió salir adelante.

Kerry se quedó callada un momento, tomando otro sorbo de agua para calmar los nervios. Ahora que estaba contándoselo a Theo se sentía rara, casi como si estuviera contando la historia de otra persona.

–De modo que Bridget es en realidad tu tía.

–Yo pensaba que era mi hermana. Crecimos juntas y no hay una gran diferencia de edad entre las dos –Kerry se pasó una mano por la cara–. Tal vez si mi madre hubiera podido cuidar de mí todavía estaría viva. Habría tenido un propósito en la vida... una razón para vivir. Pero se quedó sola, sin mí, y empezó a beber y a tomar drogas. Murió de una sobredosis años después.

—Lo siento mucho. Yo no sabía nada.

—Yo tampoco supe nada hasta que cumplí los dieciocho años. Mi abuela había echado a mi madre de casa...

—¿Tu abuela ni siquiera te dijo quién era tu madre?

—Según mi abuela, era lo mejor para todos —contestó Kerry, con amargura—. En realidad, estaba intentando ocultar lo que ella veía como una vergüenza para la familia. Y yo no lo supe hasta los dieciocho años, cuando tuve que pedir una partida de nacimiento para solicitar el pasaporte.

Recordó entonces la sorpresa que se había llevado cuando recibió el documento; la confusión y la angustia que sintió al ver aquel nombre extraño en la casilla que correspondía a la madre.

Para entonces su madre ya había muerto, de modo que nunca pudo conocerla. Su abuela, una mujer amargada, le había negado el derecho a conocer a su propia madre.

Sin decir nada, Theo la abrazó y ella se echó en sus brazos porque necesitaba el calor de otro ser humano en ese momento.

—Lo siento mucho, Kerry. Pero debes olvidarte de eso. Lo único importante ahora es que Lucas tenga todo lo que necesita... el cariño de su padre y de su madre. A nuestro hijo nunca le faltará eso.

Kerry sabía que hablaba con sinceridad, que la amenaza de robarle a su hijo había sido hecha en un momento de ofuscación... a los que él era tan propenso. Fue como si le quitaran un enorme peso de encima y, por primera vez, sintió que Theo la conocía de verdad.

–Me alegro de que me lo hayas contado –murmuró, acariciando su pelo.

Era terrible imaginar lo que debía de haber sufrido durante su infancia. Y entendía que nunca hubiese querido hablar de su pasado. Como tampoco quería hacerlo él, que también tenía su carga de amargura. Era esa carga de amargura lo que había hecho que no se entendieran.

Pero quizá aún había una esperanza para ellos.

Kerry, tumbada al lado de Theo en la cama, lo miraba con ternura. Seguía temblando después de hacer el amor con él y sentía una alegría que no había sentido en mucho tiempo.

Le había hablado de su pasado, de los sórdidos detalles de su niñez y su familia y, al hacerlo, se había quitado un peso de encima que parecía haberla aplastado desde que era niña.

Sabía que estaban juntos por Lucas pero, por fin, sentía como si estuvieran acercándose de verdad. Suspirando, Kerry levantó una mano para acariciar su cara; los altos pómulos, el fuerte mentón.

Theo abrió los ojos en ese momento; los sensuales labios curvándose en una sonrisa.

–Estás preciosa –le dijo.

Kerry sonrió, sintiendo mariposas en el estómago. Sólo con mirarlo se sentía feliz... y excitada al mismo tiempo. La sangre corría por sus venas tan alegremente como si fuera champán. Se sentía tan contenta de estar allí con él, tan contenta de que fuera el padre de su hijo.

De repente, su corazón dio un vuelco y se dio cuenta de algo, algo maravilloso y terrible al mismo tiempo.

Lo amaba. Había vuelto a enamorarse de Theo otra vez.

Más tarde, Theo la llevó a saludar a Corban y Hallie. Kerry estaba nerviosa, pero sabía que tenía que pasar por ese momento embarazoso. No sólo por la familia Diakos sino porque era lo mejor para todos ya que tendrían que relacionarse a menudo después de la boda.

–Siento mucho lo que pasó esa noche –se disculpó, nada más entrar en la suite.

Todos la miraron, incómodos, y Kerry se aclaró la garganta. Pero en su corazón sabía que no tenía sentido esperar más. Ella era una persona honesta y sería absurdo ponerse a charlar de cosas banales cuando había algo tan importante que debían aclarar cuanto antes.

–No pasa nada, Kerry –sonrió Hallie, abrazándola–. Todo ha salido bien al final.

–Pero cuando pienso en lo que podría haber pasado...

–Lo que podría haber pasado fue culpa mía, no tuya –dijo Hallie–. Sé que tú no querías hacerle daño a nadie.

–Por supuesto que no. Hice lo que hice porque me pareció que era mi obligación. Entonces Theo y yo no nos conocíamos bien...

–Y lo entiendo –sonrió la cuñada de Theo–. Incluso podrías haberme ayudado porque yo no estaba dispuesta a aceptar ayuda entonces. Sé que no fue la mejor manera de darme cuenta, pero al menos el accidente me hizo pensar. Tú no pusiste las llaves del coche en mi mano, Kerry. Pero sí intentaste detenerme y fuiste a buscar ayuda inmediatamente. Y por eso estamos encantados de que ahora formes parte de la familia.

Ella sonrió, trémula. Agradecía mucho sus palabras y, sobre todo, se alegraba de haber recuperado a una amiga.

–Theo me ha contado lo que pasó –dijo Corban entonces. Se parecía tanto a su hermano que cuando clavó en ella sus ojos oscuros Kerry se puso nerviosa–. Y todos sabemos que no querías hacerle daño a mi familia.

–¿Por qué iba a querer yo hacerle daño a tu familia? Al contrario, pensé que estaba haciendo lo que debía hacer.

–Bueno, vamos a cenar –sonrió Hallie, intentando animar el ambiente–. Así podrás contarme cómo van los preparativos de la boda.

Theo caminaba al lado de su hermano, detrás de ellas, pero no podía dejar de mirar a Kerry. Parecía aliviada porque el reencuentro había ido bien y él compartía su alivio.

No tenía por costumbre preocuparse por lo que pensaran los demás, pero se daba cuenta de que había estado nervioso esperando el resultado de ese encuentro.

Quizá porque hasta entonces Kerry no le había contado la verdad. Ella lamentaba lo que había ocurrido, pero Theo se daba cuenta de que, con un pasado tan triste como el suyo, había reaccionado de la manera más lógica. Su intención nunca había sido hacerle daño a él o a Corban, sencillamente quería evitar que le arrebatasen el niño a Hallie.

Mientras la miraba, Theo experimentó una extraña sensación y arrugó el ceño, momentáneamente desconcertado al no poder identificar lo que sentía. Entonces se dio cuenta de lo que era: orgullo. Se sentía orgulloso de Kerry por haber sido tan honesta y tan valiente.

Sí, tenía que ser eso.

Capítulo 11

DURANTE los días siguientes Kerry retomó su amistad con Hallie. Siempre se habían llevado muy bien y era maravilloso tener a alguien con quien pasar el tiempo mientras Theo estaba trabajando. Y era bueno para los niños que pudiesen jugar juntos. Lucas, que estaba empezando a gatear, lo pasaba de maravilla jugando con su primo Nicco.

La boda despertó poca atención para la prensa porque fue una ceremonia íntima, sólo para los familiares más allegados, y después fueron a la isla a pasar unos días. Para Kerry fue una pequeña decepción que Theo se hubiera tomado tan poco tiempo libre después de la boda, pero entendía que tenía muchos y urgentes compromisos.

Y tampoco ella quería una larga luna de miel, pero le habría gustado tener un poco más de tiempo para estar juntos porque por fin sentía como si estuvieran empezando a conocerse de verdad. Aunque el progreso era muy lento porque Theo siempre estaba trabajando.

Cuando volvieron a Atenas, Corban y Hallie habían retomado el viaje que interrumpieron para acudir a su boda, de modo que Kerry y Lucas se quedaban solos durante el día.

Una semana después de llegar, Kerry recibió un mensaje de Drakon pidiéndole que fuese a verlo al hospital. Y la sorprendió porque Theo le había dicho que no se encontraba lo bastante bien como para recibir visitas. De hecho, la tarde que él fue a verlo al hospital, la situación del anciano había empeorado. No dejaban entrar a nadie en su habitación y la venta de la isla había quedado en suspenso por el momento.

Kerry miró la nota manuscrita que Drakon le había enviado. Tenía la impresión de que a Theo no le gustaría que fuese sola a ver al anciano, pero él se había ido a París esa mañana y volvería tarde. Y ella no quería dejar a Drakon esperando porque su salud era tan precaria que si esperaba unos días podría no tener oportunidad de hablar con él.

De modo que dejó a Lucas con el ama de llaves y acudió sola al hospital.

–Gracias por venir –dijo Drakon, intentando incorporarse un poco en la cama–. No sabía si podrías hacerlo.

–Pues claro que sí –sonrió Kerry, inclinándose para darle un beso en la mejilla. Estaba sorprendida por el cambio que se había operado en él; ahora parecía tan frágil que apenas lo había reconocido.

–Hay un par de cosas que quería preguntarte.

Perdona que vaya directo al grano, pero me canso rápidamente.

Ella lo miró, insegura. Tenía la impresión de que no iba a querer contestar a sus preguntas.

Theo firmó el documento de compra de la isla de Drakon y dio un paso atrás.

—Cuida de mi isla —le dijo el anciano—. Y cuida de esa bonita esposa tuya. Tienes una joya, aunque creo que aún no te has dado cuenta.

Theo tuvo que controlar una réplica airada. La isla era suya ahora y no tenía que darle explicaciones a nadie sobre lo que iba a hacer con ella. Y, desgraciadamente, se daba perfecta cuenta de la clase de persona que era su esposa.

—Yo conozco bien a mi mujer —le dijo. Una mujer que aún no había aprendido a no meterse en sus asuntos y, de nuevo, había traicionado su confianza.

Drakon lanzó un bufido e hizo un gesto con la mano, como desdeñando sus palabras.

—Bueno, nosotros ya hemos hecho lo que teníamos que hacer —le dijo, señalando la puerta—. Puedes irte, no quiero apartarte de tus negocios.

Theo estrechó su mano, conteniendo una sonrisa ante la descarada despedida.

Cuando salió del hospital fue directamente al hotel. No podía creer lo que había pasado. Por fin había conseguido la isla para su tía, pero lo único

que podía pensar era que Kerry había vuelto a trai-
cionarlo.

Kerry miró a Lucas, profundamente dormido en
su cuna, antes de salir de la habitación y cerrar la
puerta sin hacer ruido.

Estaba en permanente estado de agitación desde
que habló con Drakon en el hospital el día anterior.
Ella había decidido no decir nada que pudiese
comprometer a Theo, pero el anciano ya lo sabía
todo.

El propio Drakon le había contado la historia de
los tíos de Theo. Sabía perfectamente cómo y por
qué habían perdido la isla. Y cuando él mismo sugirió que Theo quería comprarla para devolvérsela
a su tía, la reacción de Kerry había confirmado sus
sospechas.

Ella no le había contado nada, pero no era capaz
de esconder sus reacciones y no estaba dispuesta a
mentir. Aunque estaba segura de que tendrían otra
pelea por eso, y no era una conversación que quisiera mantener por teléfono.

Suspirando, salió al jardín de la terraza, esperando tranquilizarse un poco. Pero la fragancia del
jazmín era demasiado poderosa y el gorgoteo de la
fuente no parecía tranquilizarla en absoluto.

De repente, se dio cuenta de que estaba recordando la última vez que estuvo con Theo en esa terraza... a punto de decirle algo que volvería a enfu-

recerle. La primera vez, aunque acabó provocando un problema, había actuado con la mejor de las intenciones. Esta vez no había hecho absolutamente nada salvo no contarle a Drakon una mentira.

Cuando iba a darse la vuelta, Kerry vio que Theo estaba a punto de salir a la terraza.

–Ah, me alegro de que estés aquí. Tengo que contarte una cosa que ocurrió ayer...

–Fuiste a ver a Drakon.

–Sí, me envió un mensaje pidiendo que fuera a verlo y pensé que sería mejor no retrasar la visita.

–Yo también he ido a verlo. De hecho, vengo ahora mismo del hospital. La isla es mía.

–¿En serio? ¡Cuánto me alegro! –exclamó Kerry. Pero, al ver su expresión, supo que no se había equivocado: Theo estaba furioso–. ¿No estás contento? Has conseguido lo que querías.

–Lo que quiero es una esposa que no se meta en mis asuntos.

–Yo no me he metido en tus asuntos...

–Le contaste a Drakon cosas que yo te había contado en confianza...

–No le conté nada porque Drakon ya lo sabía todo. Sólo quería confirmarlo.

–Y tú se lo confirmaste.

–No le confirmé nada en absoluto, pero imagino que lo vería en mi expresión. No tengo por costumbre mentir y no pienso empezar a hacerlo ahora.

–Yo no quería que Drakon supiese nada y te lo dejé bien claro –replicó Theo, furioso.

—¿Qué querías, que le mintiese a un hombre moribundo? ¿Para qué, de qué habría servido eso?

—No intentes darle la vuelta...

—No estoy dándole la vuelta a nada, te estoy contando lo que pasó –replicó ella, airada–. No ha ocurrido nada malo... de hecho Drakon te ha vendido la isla, ¿no? Deberías estar contento en lugar de venir aquí a echarme en cara lo que digo o dejo de decir.

—Drakon me la hubiera vendido tarde o temprano.

—O no –dijo Kerry.

—Ésa no es la cuestión. La cuestión es que no yo quiero una esposa en la que no confío.

—Y yo no quiero un marido que no confía en mí –replicó ella–. Además, tú no quieres una esposa en la que confiar, tú quieres una esclava sumisa, alguien que haga exactamente lo que tú esperas. De hecho, no quieres una esposa en absoluto, quieres una empleada, alguien a quien puedas decirle lo que tiene que hacer sin que ella se atreva a rechistar.

Theo la miraba, sorprendido por la pasión que ponía en sus palabras.

—No voy a tolerar tus continuas interferencias en mis asuntos...

—Y yo no voy a tolerar que critiques constantemente lo que hago o dejo de hacer, así que no intentes intimidarme. Ha pasado mucho tiempo desde que echaste de aquí a una cría asustada... yo ya no soy esa chica.

–¿Ah, no? ¿Entonces por qué estamos discutiendo otra vez sobre lo mismo, sobre una traición tuya?

–Yo no te he traicionado, tú decides interpretarlo así porque eres incapaz de confiar en nadie. Para ti es imposible aceptar que otra persona tenga una opinión válida o que actúe movida por buenas razones. Tienes la obsesión enfermiza de controlarlo todo. Todo tiene que ser exactamente como tú quieres, pero en la vida las cosas no son así. Crees que tú sabes mejor que nadie lo que hay que hacer en cada momento... que la tuya es la única manera.

Theo la miró, con el corazón acelerado. ¿Cómo se atrevía a desafiarlo de esa forma?

–Exigir respeto de la gente que me rodea no me convierte en un obseso...

–No aceptar la opinión de los demás e insistir en que todo sea exactamente como tú quieres, aunque el resultado sea el mismo, te convierte en un tirano.

–Da igual que le des la vuelta a lo que ha pasado, la cuestión es que nunca toleraré que interfieras en mis asuntos.

–¿No te das cuenta de lo hipócrita que eres? –exclamó Kerry, exasperada–. Intentando controlarlo todo, eres tú quien interfiere en la vida de los demás... a veces con terribles resultados. Tú le dijiste a Corban lo que debía hacer con su mujer, tú has querido comprar la isla para tu tía con el objeto de cambiar su vida, como hizo tu padre hace años. Y tú me has obligado a venir a Grecia y casarme contigo.

–Porque era lo mejor para mi familia. No hay nada malo en eso.

Él sólo quería lo mejor para todos, para Hallie, para su tía y, sobre todo, para su hijo. Y no dejaría que Kerry retorciera sus intenciones.

–Mi abuela también pensó que arrancarme de los brazos de mi madre era lo mejor para todos –dijo ella entonces–. Eres igual que ella. Te niegas a ver las cosas desde la perspectiva de los demás. Tú me dijiste que no podías soportar que tu padre se metiera en tus asuntos, pero haces exactamente lo mismo que él. Pones tanta energía en controlarlo todo que no aceptas que otra persona pueda hacer la menor contribución.

–No te permito que me compares con mi padre...

–Tú no tienes que permitirme nada, yo me tomo el permiso cuando me parece que debo hacerlo –lo interrumpió Kerry–. Eres igual que tu padre, Theo, pisoteando la vida de los demás según tu propia conveniencia.

–No sabes de qué estás hablando –dijo él entonces, con un brillo amenazador en los ojos.

Kerry lo miró y, de repente, se sintió agotada. No tenía fuerzas para seguir discutiendo.

–Mira, déjalo. Estoy harta –murmuró, dejando caer los hombros–. Es como si estuviera caminando sobre cáscaras de huevo continuamente. Por mucho que lo intente, tú y yo nunca podremos entendernos.

–Si dejas de meter las narices en mis asuntos no habrá ningún problema.

A Kerry le dieron ganas de echarse a reír. Theo no se escuchaba a sí mismo, si lo hiciera sabría que era un hipócrita. Y lo amaba, pero aquel matrimonio nunca podría funcionar.

–Es mejor que no sigamos hablando, no vale de nada –le dijo, sintiendo que su corazón se rompía de nuevo–. Tú no quieres escucharme. Haga lo que haga, siempre vas a interpretarlo de manera negativa.

Luego se dio la vuelta porque no había nada más que hacer.

–No me dejes con la palabra en la boca. Aún no he terminado.

–Pero yo sí –dijo Kerry–. Yo sí he terminado de hablar, Theo. Me temo que Lucas es lo único que tú y yo tenemos en común... lo único que tendremos en común.

Theo se quedó inmóvil, mirándola con hostilidad mientras salía de la habitación. Pero no hizo nada para detenerla.

Kerry apenas pegó ojo en toda la noche y fue un alivio cuando empezó a amanecer y oyó a Lucas moviéndose en la habitación de al lado. No sabía dónde estaba Theo y le daba igual. Había decidido rendirse. Su matrimonio con Theo Diakos nunca podría funcionar.

Después de la discusión, no podía ni mirarlo a la cara y él debía de sentir lo mismo porque se encerró en estudio, del que no salió siquiera para cenar. Debía de haber dormido en alguna de las habitaciones del hotel porque cuando despertó no estaba a su lado.

Después de darle el desayuno al niño, Kerry sacó a Lucas a pasear en su cochecito. Acostumbrada al aire acondicionado del hotel, el calor de las calles de Atenas era abrumador.

El tiempo había sido muy cambiante en los últimos días, de modo que levantó la capota de plástico del cochecito y, alejándose de la zona de negocios, se dirigió a la parte antigua de la ciudad, cerca de la Acrópolis. Pero había olvidado que los turistas solían levantarse tarde y encontró las calles desconcertantemente vacías, aparte de algún turista despistado.

Al final, encontró un pequeño café y se sentó para darle a Lucas un biberón con zumo de manzana. Luego pidió un capuchino y un bollo para ella, esperando que la mezcla de cafeína y azúcar le animase un poco.

El bochorno y la noche en blanco empezaban a afectarle casi tanto como la angustia que pesaba en su corazón.

Mientras estaba allí, intentando distraerse mirando el escaparate de una tienda, empezó a sentirse horriblemente triste. Lo único que podía pensar era cuánto amaba a Theo, mientras que él no la amaría nunca.

Le había roto el corazón de nuevo. Y esta vez no sabía si encontraría fuerzas para recoger los pedazos.

Theo observaba el rostro de su tía Dacia mientras el helicóptero se acercaba a la isla. La había conocido esa misma mañana y no podía dejar de pensar cuánto se parecía a su madre. No era un parecido físico sino otra cosa... su forma de moverse, de hablar, sus gestos y, sobre todo, su voz.

Se sentía raro acompañándola por fin a la isla donde había crecido con su madre. Y le había sorprendido que quisiera ir con él después de haberse negado a verlo tantas veces, ya que estaba preparado para una larga batalla.

Ella no dijo mucho durante el viaje, pero Theo podía ver que le brillaban los ojos y supo que volver a la isla era una experiencia muy emotiva para ella.

–No puedo creer que esté aquí –murmuró, mientras seguían al ayudante de Drakon hasta la casa.

–¿Te parece diferente? –preguntó Theo, abriéndole la puerta.

Habían ocurrido muchas cosas desde la primera vez que fue a aquella isla con Kerry, pensó. Su ordenada vida se había puesto patas arriba desde entonces. Y ahora estaba allí, con su tía Dacia, haciendo realidad el último deseo de su madre mientras en Atenas lo esperaban su mujer y su hijo.

Theo tragó saliva al recordar su discusión y el brillo de desesperación en los ojos de Kerry cuando le dijo que Lucas era lo único que tendrían nunca en común.

–Por fuera parece que está igual –dijo Dacia–. E incluso el interior parece el mismo... aparte de los muebles.

–Hay algunas cosas que habrá que renovar, sobre todo el mantenimiento de los olivos y la prensa tradicional para hacer el aceite –dijo Theo, volviendo al presente–. Pero ya me he puesto en contacto con varios expertos para que la isla vuelva a ser como antes... si decides quedarte aquí.

–El señor Notara me indicó que le mostrase los cuadros –dijo entonces el ayudante de Drakon, llevándolos hacia el pasillo–. Y ahora, si me perdonan, voy a comprobar si el almuerzo está preparado.

Dacia se llevó las dos manos a la cara y lanzó una exclamación al ver los cuadros de su marido. Theo la vio temblar mientras se acercaba para mirar las acuarelas que había pintado el amor de su vida. Y, al ver que una lágrima rodaba por sus mejillas, se le hizo un nudo en la garganta. Nervioso, le ofreció su pañuelo y luego, sin pensar en lo que estaba haciendo, tal vez porque se parecía tanto a su madre, le pasó un brazo por los hombros.

Dacia se volvió, sorprendida.

–Perdóname... no me he dado cuenta.

–No, no, perdóname tú a mí –su tía lo miraba sacudiendo la cabeza–. Muchas gracias por recuperar la isla para mí, hijo.

–No es nada.

–¿Cómo que no? Después de haberte dado la espalda durante tantos años no me lo merezco.

–Me alegra mucho saber que he podido arreglar algo de lo que destrozó mi padre.

–Tu padre, no tú. Pero yo fui una tonta por darles la espalda a mi hermana y a mis sobrinos. Y ahora que te has convertido en un hombre maravilloso... lamento mucho haber perdido el contacto con tu madre.

Theo no sabía qué decir. Sabía que Dacia y su madre nunca habían tenido una relación muy estrecha. Eran dos personas completamente diferentes; a Dacia le gustaba la vida sencilla y a su madre la emoción de la gran ciudad, pero habían pasado su infancia en aquella isla y era una pena que no hubieran podido olvidar sus diferencias antes de que su madre muriera.

–Siento mucho no haber aceptado tus ofertas de ayuda... o los cuadros que me enviaste. Y que te devolví sin abrir las cajas siquiera... eso fue imperdonablemente mezquino por mi parte después de lo que debió de costarte conseguirlos. Estaba tan decidida a no aceptar nada de tu familia que me hice daño a mí misma, me negué la oportunidad de tener algo que me hubiera aportado algún consuelo.

–¿Por qué has cambiado de opinión? –le preguntó Theo–. Me ha sorprendido mucho que aceptaras venir a la isla conmigo.

Ella asintió con la cabeza.

–Me avergüenza decir que de no haber sido porque el anciano que solía vivir aquí me llamó para que fuera a verlo al hospital, seguramente no habría recuperado el sentido común.

–¿Drakon te llamó?

–Y me contó que estabas intentando comprar la isla para que yo pudiera volver a casa –contestó Dacia–. Me quedé tan sorprendida cuando me lo dijo que estuve a punto de marcharme, pero la verdad es que me pareció un hombre encantador. Cuando empezó a hablar, me di cuenta de que no quería marcharme.

Theo tuvo que disimular un gesto de irritación. Por lo visto, Drakon había estado muy ocupado. Había visto a Kerry por la mañana, a su tía por la tarde y luego a él al día siguiente.

–¿Qué te contó?

–Más o menos la historia de su vida –rió Dacia–. Me habló de su difunta esposa, de su amor por la naturaleza y, sobre todo, de cuánto le preocupaba que la reserva natural de la isla se conservase intacta. No podía soportar la idea de que construyeran modernos hoteles aquí. Para eso me había llamado. Quería que yo le asegurase que la isla seguiría tal y como está y me pidió que... –su tía tuvo que sonreír– que te vigilase para que no empezaras a traer grúas y camiones.

Theo levantó una ceja, sorprendido. Drakon era todo un personaje, desde luego. La idea de que su tía, a quien no había visto nunca, pudiera decirle lo que tenía que hacer... él construiría una jungla de cemento en la isla si le daba la gana. *Nadie* le decía a Theo Diakos lo que tenía que hacer.

Pero la verdad era que sentía un gran respeto por el anciano. Drakon no era tonto. De hecho, le tenía tomada la medida. Él sabía que había comprado la isla para hacer las paces con su tía y que escucharía lo que ella tuviera que decir.

–No voy a construir ningún hotel, te lo aseguro. Pero tú tendrás que decidir lo que quieres hacer con la isla. Hay muchas posibilidades, desde retomar la producción de aceite a construir pequeños refugios para pintores... no tienes que decidirlo inmediatamente, por supuesto. Tómate el tiempo que quieras para pensarlo. Y si crees que la isla ya no es sitio para ti, también me parecerá bien. Podríamos encontrar una manera de preservarla como ha hecho Drakon.

Dacia sonrió, volviéndose para mirar los cuadros.

–Muchas gracias, Theo.

–Me gustaría enviarte el resto de los cuadros –dijo él entonces, pensando que Kerry tenía buen ojo para la pintura. Él había tardado años en encontrar y adquirir la colección de su tío. La mayoría de sus cuadros estaban en colecciones privadas y era muy raro que saliesen a la venta.

–Te lo agradezco –sonrió Dacia–. Pero después de tanto tiempo lo que de verdad me gustaría es poder conocer a la gente a la que tan tontamente he dejado fuera de mi vida.

–Sí, claro. Corban está deseando presentarte a su familia.

–Y también quiero conocer a tu mujer. Drakon la adora y tengo la impresión de que ella ha sido fundamental para que te vendiera la isla.

–Sí, Drakon siempre ha apreciado mucho a Kerry. Creo que le recuerda a su difunta esposa –dijo Theo, sintiendo una inesperada emoción.

Sabía que Kerry había jugado un papel importante en la decisión de Drakon pero, de repente, empezó a pensar en lo que ella le había dicho el otro día: que siempre la juzgaba de manera negativa, sin pensar que hacía las cosas de corazón, por un buen motivo.

Cuando la verdad era que seguramente sin su ayuda no habría conseguido aquella isla.

–El almuerzo está listo –la aparición del ayudante de Drakon interrumpió los pensamientos de Theo.

–Ah, qué bien. Muchas gracias –sonrió Dacia.

Theo se volvió para escoltar a su tía hasta el patio. A pesar de todo, reconocía que el encuentro con ella, como la compra de la isla, había sido en parte gracias a Kerry. Seguramente lo hubiera conseguido tarde o temprano, pero el proceso habría sido más largo y complicado.

–Los empleados de Drakon seguirán aquí, así la transición será más fácil para todos. Pero tú eres libre de tomar tus propias decisiones.

–La verdad es que me has dado la vida –dijo su tía, emocionada–. No te puedes imaginar lo que esto significa para mí. Gracias, Theo, muchas gracias.

Él estaba a punto de decir que no era nada cuando se dio cuenta de que esa frase podría empequeñecer lo que significaba para Dacia.

–No ha sido sólo cosa mía.

–Ya lo sé. Y por eso estoy deseando conocer a tu mujer. Debe de ser una persona maravillosa.

–Sí, lo es –murmuró Theo, apartando la mirada.

Catorce meses antes solía pensar en Kerry como el antídoto perfecto para una vida tan estresada como la suya. Era todo lo que él estaba buscando en una amante: era dulce, bella y receptiva a todos sus deseos. Como un oasis de serenidad en una vida llena de prisas y tensiones.

Pero Kerry había cambiado. Una vez había sido la amante perfecta, pero estaba muy lejos de ser la esposa perfecta. De nuevo, había hecho algo en contra de sus deseos y lo había llamado tirano, obseso...

Su vida había sido siempre tan ordenada, tan organizada, con todo bajo control, como a él le gustaba.

¿Lo convertía eso en un obseso, en un enfermo? De repente, ya no estaba tan seguro.

Lo único que sabía era que Kerry y Lucas habían aparecido y su mundo ya no era el mismo. Nada era ya predecible, controlable.

Él estaba acostumbrado a que lo obedecieran, pero Kerry no era una empleada. Era su mujer. ¿De verdad quería a la persona sumisa y sin opinión que ella había descrito?

Desde que descubrió la existencia de Lucas, todo lo que había hecho era por el bien de su hijo. No había pensado en lo que podría ser mejor para Kerry o para sí mismo.

Recordaba el brillo desolado de sus ojos cuando le dijo que sólo tenían en común a Lucas, como si no hubiera ninguna esperanza para ellos, como si la idea de un futuro a su lado la llenase de desesperación.

Y, por alguna razón, eso lo hizo sentir helado por dentro.

Capítulo 12

KERRY oyó el retumbar de un trueno y se dio cuenta de que estaba a punto de estallar una tormenta. El aire estaba tan cargado que parecía pesar sobre sus hombros mientras hacía el camino de vuelta hacia el hotel, empujando el cochecito de Lucas. Estaba cansada y lo que debería ser un paseo normal, de repente le parecía una maratón.

Las primeras gotas de lluvia empezaron a caer cuando llegaba a la plaza Syntagma. Siempre le había parecido un sitio horrible, con lo que parecía *todo* el tráfico de Atenas embotellándose en las avenidas que la cruzaban, pero era la ruta más directa hasta el hotel y el sitio donde le sería más fácil parar un taxi.

De repente, después de un monstruoso trueno, el cielo se abrió y empezó a llover a cántaros.

Lucas se puso a llorar porque no estaba acostumbrado a que tapase el cochecito con la cubierta de plástico y Kerry, empapada en cuestión de segundos, corrió para llegar a casa.

Llovía con tal violencia que las dos columnas

del templo de Zeus eran invisibles, aunque estaban casi frente a ella. Y, unos minutos después, torrentes de agua corrían por las aceras, turbios y marrones, arrastrando el polvo del verano.

Lucas lanzaba tales alaridos que Kerry podía oírlo a pesar del estruendo de la tormenta. Pero era imposible encontrar un taxi, de modo que agachó la cabeza y siguió caminando todo lo deprisa que le era posible.

Theo estaba de vuelta en el hotel cuando la tormenta empezó a caer sobre la ciudad. Sólo era una tormenta de verano, pero al descubrir que Kerry y Lucas estaban en la calle empezó a preocuparse. Nervioso, paseaba de un lado a otro de la suite, mirando por la ventana y preguntándose dónde estarían.

Tan agitado estaba que cuando sonó su móvil lo sobresaltó. Era Kerry.

–¿Dónde estás?

–En la puerta del Jardín Botánico... el pobre Lucas no deja de llorar y es imposible encontrar un taxi. ¿Puedes venir a buscarnos, por favor?

–Sí, claro. Ahora mismo.

–Pero no vengas en coche, hay un atasco espantoso.

El corazón de Theo palpitaba como loco. Debía de estar realmente angustiada para llamarlo después de la discusión del día anterior. Además, Kerry nunca le pedía nada, ni un solo favor. Nunca lo había hecho.

Tomando un paraguas gigante, Theo salió a toda prisa de la suite. La lluvia golpeaba su cara mientras corría por las calles, abriéndose paso entre la gente y saltando los ríos de agua que buscaban las alcantarillas... sin darse cuenta de que no había abierto el paraguas. No tardó mucho en llegar al Jardín Botánico y, por fin, la vio, intentando consolar a Lucas, que lloraba desesperadamente. Tenía el corazón en la boca cuando llegó a su lado.

–Kerry.

Ella levantó la cabeza y su triste mirada le rompió el corazón. Sentía un abrumador deseo de abrazarla, de protegerla. De besarla en los labios y hacer que olvidase todas sus preocupaciones. Pero una ola de fría amargura le recordó que *él* era el responsable de esa expresión desolada.

–No llores, Lucas. ¿Lo ves? Papá ya está aquí. Ahora ya puedo tomarte en brazos... él nos protegerá con el paraguas.

Sus palabras pusieron a Theo en acción. Nervioso, abrió el paraguas y lo colocó sobre los tres, tomando a Kerry por la cintura.

Aparentemente, estar en los brazos de su madre era lo único que Lucas quería porque en cuanto lo sacó del cochecito dejó de llorar.

–El pobre se había asustado con la tormenta.

Esperaba ver una expresión de contrariedad en el rostro de Theo por haberlo hecho ir hasta allí, pero lo único que vio fue un rictus de preocupación.

Estaba mirándola a ella, no a Lucas, y Kerry tuvo la extraña impresión de que realmente estaba preocupado.

Pero no debía pensar esas tonterías. Sabía muy bien lo que Theo pensaba de ella, de modo que era absurdo hacerse ilusiones.

–Pensaba volver a casa cuando se desató la tormenta. Menos mal que el cochecito tiene esa cubierta protectora...

–Yo no sabía que tuviera una cubierta de plástico –dijo Theo–. Menos mal que el niño estaba contigo.

Kerry lo miró, sorprendida. Ese comentario apreciativo era nuevo en él. Sabía lo que pensaba de ella porque lo había dejado dolorosamente claro, pero la miraba de una forma... casi sentía la tentación de dejarse llevar por la fantasía de que algún día pudieran ser felices juntos. Que un día Theo pudiera amarla como lo amaba ella.

Pero era absurdo. Se había hecho ilusiones muchas veces y en todas las ocasiones había acabado en fracaso. Si se dejaba llevar, acabaría arriesgándose a una vida entera de decepciones y tristezas.

–Lo siento –dijo Theo entonces, recordando su cara de angustia el día anterior, cuando parecía que la idea de un futuro con él la llenaba de desconsuelo–. Esto no es lo que tú querías.

De repente, no podía soportar que estar con él

fuese para Kerry una tortura. Ella se merecía mucho más.

Se sentía avergonzado de no haber visto antes la verdad. Había sido el comentario de su tía sobre lo maravillosa que debía de ser su mujer lo que hizo que se diera cuenta de lo que tenía delante de los ojos.

Kerry era maravillosa.

Era dulce y compasiva y, sin embargo, dispuesta a defender apasionadamente aquello en lo que creía. Adoraba a Lucas y mostraba absoluta lealtad por las personas a las que quería. No debería tener que vivir una vida que no la hacía feliz.

Y era culpa suya que no fuera feliz. Él la había llevado a Grecia, furioso, esperando que hiciera lo que se le dijera sin protestar. Nunca le había mostrado respeto alguno. Nunca había considerado la posibilidad de que el interés que mostraba por su vida fuera genuino.

–Ha dejado de llover –la voz de Kerry interrumpió sus pensamientos. Kerry, que estaba mirándolo con expresión de desconcierto–. Siento haberte llamado, pero no sabía que fuera a dejar de llover enseguida.

Theo miró alrededor, sorprendido. Era cierto, había dejado de llover sin que él se diera cuenta. El rico aroma a tierra mojada llenaba el aire y la bochornosa atmósfera de antes de la tormenta de repente se había convertido en un día claro y fresco.

Cuando cerró el paraguas sintió el sol en la cara,

pero el calor no lograba calentarlo por dentro. *Él* era la causa de la tristeza de Kerry y eso le dolía más de lo que hubiera esperado.

—No te disculpes por llamarme. Quiero que sepas que siempre puedes acudir a mí... aunque sé que no he hecho nada para demostrártelo. Después de todo lo que ha pasado, es lógico que no confíes en mí.

Antes de aquel día, Kerry nunca le había pedido ayuda y ahora se daba cuenta de cuánto le había dolido eso. El hecho de que no se hubiera puesto en contacto con él para hablarle de la existencia de Lucas, que no lo hubiera querido en su vida, había sido como una bofetada. Pero lo había apartado de su mente, negándose a preguntarse por qué le dolía tanto.

—Yo confío en ti —dijo Kerry entonces—. Si te refieres a lo que pasó esa noche, con Hallie, no fui a avisarla porque no confiara en ti. Ya te he explicado por qué lo hice...

Theo se dio cuenta entonces de una terrible verdad: si Kerry hubiera acudido a él esa noche, el resultado habría sido el mismo. Incluso entonces, cuando su aventura era completamente armoniosa, no hubiese tolerado que ella cuestionara sus actos.

—Tenías razón cuando me dijiste que estaba obsesionado por controlarlo todo —dijo entonces, pasándose una mano por el pelo empapado—. No me había dado cuenta... no sabía que necesitaba controlarlo todo como un enfermo: mi vida, mis negocios, todo lo que me rodea. Y no puedo perdonarme a mí mismo por haberte hecho daño.

En cuanto lo hubo dicho supo que era verdad. Pero había algo más, algo mucho más importante. Era como si las nubes que poblaban su cerebro se hubieran disipado al fin, haciendo que la verdad resplandeciese.

—Te quiero —le dijo, su voz llena de convicción y asombro al mismo tiempo.

Kerry lo miraba, perpleja.

Aquella conversación estaba siendo la más desconcertante de su vida. Ella no había esperado que Theo admitiese ser una persona obsesionada por controlarlo todo. Y ahora, oírle decir que la quería...

—Lo siento —repitió él, tomando su cara entre las manos—. No debería habértelo dicho así, de repente.

Kerry arrugó el ceño. Acababa de decir que la quería. Pero después de todo lo que había pasado entre ellos, después de su discusión del día anterior, ¿cómo iba a creerlo? ¿Y por qué se disculpaba luego por decir que la quería?

Nada de aquello tenía sentido.

—Cuando te conocí me sentí inmediatamente atraído por tu belleza —siguió Theo—. Luego descubrí que eras una persona estupenda, llena de dulzura. Creo que empecé a enamorarme de la mujer que creía que eras... pero no estaba preparado para lo que pasó después. Te he decepcionado por completo y lo siento. No estaba preparado para darme cuenta de que tú no eras sólo la preciosa y angelical criatura que yo había imaginado. Eres mucho más que eso... mucho más de lo que yo merezco.

–No te entiendo –dijo Kerry.

–Hasta ahora he controlado todo y a todos los que estaban en mi órbita. Así es como me gusta hacer las cosas... o eso pensaba. Pero estaba tan concentrado en que todo fuera a mi gusto que no me molestaba en mirar a mi alrededor –Theo la tomó por la cintura para mirarla a los ojos porque quería que Kerry pudiera ver en ellos la verdad de sus sentimientos–. Y entonces Lucas y tú aparecisteis en mi vida, poniendo mi helado mundo en movimiento. No sabía lo que me estaba perdiendo hasta que me di cuenta de lo que tú me habías dado.

El corazón de Kerry latía como si quisiera salirse de su pecho, pero aun así no se atrevía a esperar, a confiar. Lo que estaba diciendo parecía demasiado increíble para ser cierto.

–Te quiero, Kerry.

De repente, la pura y simple verdad de aquellas palabras se enredó alrededor del corazón de Kerry como un tierno abrazo. Sabía que Theo lo decía en serio y, en ese momento, todas sus dudas desaparecieron.

–Yo también te quiero –le dijo, con voz temblorosa.

–¿Cómo puedes quererme después de lo mal

que me he portado contigo? Te he hecho tan infeliz...

–Yo debí hablarte de Lucas. No debería haber guardado el secreto durante tanto tiempo.

–Pero yo te eché de mi casa... es lógico que no te pusieras en contacto conmigo. Nunca he hecho absolutamente nada para que tú pudieras confiar en mí o pedirme ayuda, al contrario.

Kerry vaciló, de repente insegura. Habiendo crecido en casa de su abuela había aprendido a no esperar demasiado de nadie, a no pedir nada. Ésa era la única defensa contra la inevitable decepción.

Pero Theo no era como su abuela. Era un hombre que veía la vida de forma equivocada, pero que tenía la capacidad ser generoso. Lo estaba demostrando en ese momento, confesándole su error.

–Quizá debería haber tenido más fe en ti... pero entonces era una cría y tú y yo apenas nos conocíamos. Desde el principio decidí no pedirte nada porque no quería mostrarme vulnerable, pero eso no ayudó en absoluto. Nos guardábamos demasiadas cosas el uno del otro.

–Saber que no habías querido nada de mí cuando tuviste a Lucas fue un golpe para mi orgullo.

–Habría querido saber algo de ti, pero temía que me rechazases. Por eso no te llamé.

Kerry lo miraba a los ojos, sintiendo que su amor por él crecía dentro de su corazón y era real. Aquel momento mágico con Theo era real.

–Te quiero –le confesó–. Siempre te he querido.

De repente, los labios de Theo buscaron los suyos para besarla con una ternura y una devoción nuevas.

–Hemos perdido tanto tiempo... –murmuró luego, emocionado.

–Hemos tenido que recorrer un camino muy largo –asintió ella, pensando en lo que habían aprendido en ese tiempo, en cuánto habían madurado los dos–. Pero ahora por fin estamos juntos.

–Tú eres el centro de mi universo. Sin ti, mi mundo deja de girar. Por favor, créeme cuando te digo que no volveré a decepcionarte nunca.

Kerry sonrió mientras se apartaba un poco para meter a Lucas en el cochecito.

–No pienso irme a ningún sitio –dijo luego, echándole los brazos al cuello–. Pero ahora llévame a casa, Theo.

Bianca™

Una noche, un bebé, un matrimonio

El millonario italiano Gabriel Danti era famoso por sus proezas en el dormitorio... y Bella Scott fue incapaz de resistirse a la tentación de la noche que le ofrecía...

Cinco años después, Bella vivía sola, labrándose una vida para su pequeño y para ella. ¡Jamás pensó que volvería a ver a Gabriel!

Él había cambiado. Su cuerpo estaba lleno de cicatrices. Pero el deseo que sentía por Bella no había menguado. Y sabiendo que tenía un hijo, la deseaba más que nunca...

Cicatrices del alma

Carole Mortimer

Acepte 2 de nuestras mejores novelas de amor GRATIS

¡Y reciba un regalo sorpresa!

Oferta especial de tiempo limitado

Rellene el cupón y envíelo a
Harlequin Reader Service®
3010 Walden Ave.
P.O. Box 1867
Buffalo, N.Y. 14240-1867

¡Sí! Por favor, envíenme 2 novelas de amor de Harlequin (1 Bianca® y 1 Deseo®) gratis, más el regalo sorpresa. Luego remítanme 4 novelas nuevas todos los meses, las cuales recibiré mucho antes de que aparezcan en librerías, y factúrenme al bajo precio de $3,24 cada una, más $0,25 por envío e impuesto de ventas, si corresponde*. Este es el precio total, y es un ahorro de casi el 20% sobre el precio de portada. ¡Una oferta excelente! Entiendo que el hecho de aceptar estos libros y el regalo no me obliga en forma alguna a la compra de libros adicionales. Y también que puedo devolver cualquier envío y cancelar en cualquier momento. Aún si decido no comprar ningún otro libro de Harlequin, los 2 libros gratis y el regalo sorpresa son míos para siempre.

416 LBN DU7N

Nombre y apellido	(Por favor, letra de molde)

Dirección	Apartamento No.

Ciudad	Estado	Zona postal

Esta oferta se limita a un pedido por hogar y no está disponible para los subscriptores actuales de Deseo® y Bianca®.
*Los términos y precios quedan sujetos a cambios sin aviso previo.
Impuestos de ventas aplican en N.Y.

SPN-03   ©2003 Harlequin Enterprises Limited

Deseo™

Serás mi amante

HEIDI RICE

Una amiga periodista le pidió a Mel
que la ayudara… ¡y ahora la iban a
pillar con las manos en la masa! Estaba escondida en el baño de una
suite y escuchó horrorizada volver a
Jack Devlin, que regresaba a su habitación para ducharse.

El millonario resultó ser un hombre
moreno, guapo y misterioso, y la pasión que se desató entre ellos fue increíble. Después de aquello, él se las
ingenió para que Mel aceptara ser su
amante durante dos semanas, durante las que disfrutaría de su vida de
lujo y glamour.

Pasión en Londres, París, Nueva York…

¡YA EN TU PUNTO DE VENTA!

Bianca™

¡Debe proponerle matrimonio por honor y deber!

El príncipe Rafiq de Couteveille cree que Alexa Considine es la amante de un delincuente, y que utilizarla para vengar la muerte de su hermana será un placer...

Lexie no puede comprender por qué atrajo la atención del príncipe de Moraze, ella simplemente quiere unas vacaciones tranquilas. Pero Rafiq es irresistible, y pronto se encuentra en su cama.

Para horror y vergüenza de Rafiq, ¡Lexie es virgen!

Seducida por un príncipe
Robyn Donald

Seducida por un príncipe

Robyn Donald